法國人
天天說的
生活法語

絕對
實用

Christophe LEMIEUX-BOUDON、Mandy Hsieh　合著

說出一口漂亮的生活法語，就像說「Bonjour」一樣簡單

　　學會說法文不難！其實就像談戀愛，從不認識到互相瞭解需要一點點磨合期，只要過了這段時間，關係穩定了，就可以持續地發展下去。一開始，法文的美吸引了您，所以您想認識它，接著，慢慢地出現一些摩擦，但是，愛著它的您會試著包容這些小缺點，一起攜手繼續往前進，過程中的溝通，不外乎是順利度過磨合期的最佳的工具。

　　學法文也是一樣，「開口說」是關鍵，同時學會睜一隻眼，閉一隻眼也是重要的態度。想要開口說，絕對不能一開始就鑽研文法細節，否則就像滾雪球一樣，問題會越來越多，最後，因為超乎理解程度，造成開口說的心理障礙。

　　法文雖然規則繁複，但是，生活中的法語其實一點都不難，為了讓讀者能輕易地說出法文，本書中提供日常生活的情境，結合多年教學和法國經驗，列出常用語句，希望讀者能夠在營造的情境中，掌握到不同的表達方式，而且，加上附注的音標，說出一口法語就像：說「Bonjour」一樣簡單！

學習任何語言都是一樣的，不能怕開口！一開始講的結結巴巴是很正常的，只要多練習幾次就能夠講得順，但是，要能夠説得一口流利好聽的法文，如果不開口，怎麼會有這一天的到來呢？身為外國人的您有「説不好、説不對」的權利，所以千萬不要擔心開口。想開口説法文的您，也千萬不要等想好所有完美句子後再開口，因為這樣的溝通少了即時性和情感的真實性。

　　最後，千萬切記語言是情感的表達方式之一，當您使用一種語言時，如果能配合情緒、表情、語氣和肢體動作，不論您説任何一種語言都能達到詞意，甚至於傳神的境界。希望藉由這本書的幫助，讓您也能體會到用語言溝通的樂趣，以及法語背後蘊藏的文化。

如何使用本書

最貼近法國人日常生活的會話

本書將法國人生活上一定會用到的會話，分為8大類、38種情境，舉凡自我介紹、打招呼、一天的生活、訂位、點餐、購物、休閒活動、運動、問路、讚美……，最實用的法語通通都有。

CD序號

全書收錄名師親錄的CD+MP3，一邊看書一邊聆聽，讓您沉浸在法語環境，自然而然學好生活法語！

你也可以這樣說

彙整情境會話外其他類似場合中也會用到的常用語句，您可以輕鬆增加生活常用句。

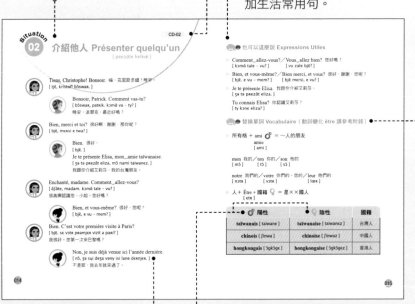

Situation 02 介紹他人 Présenter quelqu'un
[peezɑ̃te kelkœ̃]
CD-02

Tiens, Christophe! Bonsoir. 楠，克里斯多繼！晚安。
[tjɛ̃, kristoff! bɔ̃swar.]

Bonsoir, Patrick. Comment vas-tu?
[bɔ̃swar, patrik, komɑ̃ va – ty?]
晚安，派翠克。最近好嗎？

Bien, merci et toi? 很好啊，謝謝，那你呢?
[bjɛ̃, mεrsi e twa?]

Bien. 很好。
[bjɛ̃.]
Je te présente Elisa, mon_amie taïwanaise.
[ʃɑ ta peezɑ̃t eliza, mɔ̃ nami taiwanez.]
我跟你介紹艾莉莎，我的台灣朋友。

Enchanté, madame. Comment_allez-vous?
[ɑ̃ʃɑ̃te, madam, komɑ̃ tale – vu?]
很高興認識您，小姐，您好嗎?

Bien, et vous-même? 很好，您呢?
[bjɛ̃, e vu – mεm?]

Bien. C'est votre première visite à Paris?
[bjɛ̃, se vɔtr prəmjεr vizit a pari?]
我很好，您第一次來巴黎嗎?

Non, je suis déjà venue ici l'année dernière.
[nɔ̃, ʃə sɥi deʒa vəny isi lane dεrnjεr.]
不是耶，我去年就來過了。

也可以這麼說 Expressions Utiles

Comment_allez-vous?／Vous_allez bien? 您好嗎?
[komɑ̃ tale – vu?]　[vu zale bjɛ̃?]

Bien, et vous-même?／Bien merci, et vous? 很好，謝謝，您呢?
[bjɛ̃, e vu – mεm?]　[bjɛ̃ mεrsi, e vu?]

Je te présente Elisa. 我跟你介紹艾莉莎。
[ʃɑ ta peezɑ̃t eliza.]

Tu connais Elisa? 你認識艾莉莎?
[ty kɔnε eliza?]

替換單詞 Vocabulaire（動詞變化 être 請參考附錄）

所有格 + ami ♂ = ～人的朋友
amie
[ami]

mon 我的／ton 你的／son 他的
[m3]　　[t5]　　[s3]

notre 我們的／votre 你們的、您的／leur 他們的
[nɔtr]　　[vɔtr]　　[lœr]

人 + Être + 國籍 ♀ = 是××國人
[εtr]

♂ 陽性	陰性	國籍
taïwanais [taiwane]	taïwanaise [taiwanez]	台灣人
chinois [ʃinwa]	chinoise [ʃinwaz]	中國人
hongkongais [ɔ̃gkɔ̃ge]	hongkongaise [ɔ̃gkɔ̃gez]	香港人

014　　015

例句皆有國際音標

本書所有例句皆標示國際音標，讓您隨時都能練習法語發音。除了音標外，法文句中的強制性連音也會以「‿」標註，讓您說出一口旋律優美的法文。

替換單詞

彙整情境會話中可能會用到的字彙，您可以將這些常用字彙套進對話中，增加生活常用字彙。

陽性／陰性詞好分別

法文中名詞、形容詞、冠詞都有陰陽性的分別，書中使用 ♂（表陽性）和 ♀（表陰性）符號表示字彙的陰陽性，您可以輕鬆分別。

法國二三事

　　17篇最貼近法國人生活的文化介紹，從法國人親臉頰的方式、到法國人家中作客的禮儀、法國名牌的小常識、法國各地的名產……，讓您彷彿置身於法國人浪漫生活中。

Culture: Comment faire la bise?
[kɔmã fɛʁ la biz?]

法國二三事：法國人親臉頰，怎麼親？

　　浪漫的法國人，除了有名的french kiss（情人間）之外，日常生活中親臉頰（la bise）也是時時刻刻都看得到。

　　跟不熟的人，簡單的一句Bonjour（早安／你好）就可以帶過。但是，想要與人拉近關係，親臉頰的動作可千萬不能忽略。這個法國古老的傳統，身為外國人的我們，究竟要怎麼去境隨俗呢？

☛ **什麼時候跟臉頰？（Quand?）**

　　早晨問安、朋友相見、上班、久違重逢、收到禮物、抵達朋友家、離開朋友家前、上床前。

☛ **跟誰跟臉頰？（A Qui?）**

　　依據關係的種類（家庭、朋友、同事、年紀）和社會階層而異。一般而言，男生之間，如果是家族成員或朋友，互相親臉頰，否則只行握手禮。隨著潮流的演進，男生之間也來來多行親臉頰禮。

　　就女生而言，不論對方是男生或女生都是親臉頰。遇到高階主管或老闆，不親臉頰，除非他／她主動跟你親臉頰。同事或閨蜜相見，見面時都是親臉頰。對年長者，不親臉頰以示尊敬，除非他／她主動。參加聚會時，一定要跟主人親臉頰，表示禮貌喔！

☛ **怎麼跟？（Comment?）**

　　親臉頰是一種拉近距離的象徵，但是可以不用碰到身體，不過，親的時候，親的聲音要出來（啾啾聲）。切記不要把對方的臉上弄得濕答答的。如果彼此不熟，親臉頰時只要輕觸臉頰即可。

022

　　法語和其他歐語系語文一樣，動詞會因主詞不同而隨之變化。您可以在動詞變化表中找到「替換單詞」單元中的所有動詞，藉以搭配學習本書實用的內容，學習零疏漏。

常用不規則動詞（現在時態）

être 是

主詞		être（是）的動詞變化
我	je	suis
你	tu	es
他／她	il／elle	est
我們	nous	sommes
您	vous	êtes
他們／她們	ils／elles	sont

avoir 有

主詞		avoir（有）的動詞變化
我	j'	ai
你	tu	as
他／她	il／elle	a
我們	nous	avons
您	vous	avez
他們／她們	ils／elles	ont

aller 去

主詞		aller（去）的動詞變化
我	je	vais
你	tu	vas
他／她	il／elle	va
我們	nous	allons
您	vous	allez
他們／她們	ils／elles	vont

faire 做

主詞		faire（做）的動詞變化
我	je	fais
你	tu	fais
他／她	il／elle	fait
我們	nous	faisons
您	vous	faites
他們／她們	ils／elles	font

devoir 應該

主詞		devoir（應該）的動詞變化
我	je	dois
你	tu	dois
他／她	il／elle	doit
我們	nous	devons
您	vous	devez
他們／她們	ils／elles	doivent

falloir 應該

主詞（非人稱）		falloir（應該）的動詞變化
它	il	faut

138

簡單實用的動詞變化表

　　彙整「替換單詞」單元中的所有動詞變化，您可以在附錄的動詞變化表中輕鬆找到。

目錄

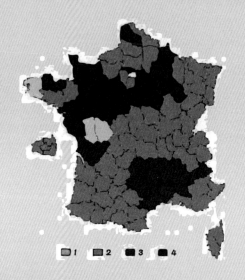

1 2 3 4

◀ 這張是法國地圖。顏色愈深的區域，
表示當地的人親臉頰的次數越多。

▶ 每年五月一日的勞動節，除了是法
國的法定假期外，法國人間也會互
相贈送鈴蘭花（Muguet），祝福對
方幸福一整年。

◀ 喜歡戶外的法國人， 如果天氣溫
暖， 閒暇時刻常常聚集在河岸邊和
公園裡聊聊天或是舉行活動，也因
此這些地方成了在社交活動的重要
場合之一。

單元一：Vie sociale 社交

Situation 01 自我介紹 Se présenter
[sə pʀezãte]

Bonjour, je m'appelle Christophe. 您好，我叫克里斯多福。
[bɔ̃ʒuʀ, ʒə mapɛl kristɔf.]

Et vous, comment vous vous appelez? 您呢，怎麼稱呼您？
[e vu, kɔmã vu vu za pəle?]

Bonjour, je m'appelle Elisa. 您好，我叫艾莉莎。
[bɔ̃ʒuʀ, ʒə mapɛl eliza.]

Vous venez de quel pays? 您來自哪個國家？
[vu vəne də kɛl pei?]

Je viens de Taïwan. 我來自台灣。
[ʒə vjɛ̃ də taiwan.]

Je suis en France pour les vacances.
[ʒə sɥi ã fʀãs puʀ le vakãs.]
我到法國來度假。

Ah d'accord! 喔，了解！
[a dakɔʀ!]

Moi, j'habite à Paris. 我啊，我住在巴黎。
[mwa, ʒabit a paʀi.]

Enchanté! 幸會！
[ãʃãte!]

Enchantée! 幸會！
[ãʃãte!]

💬 也可以這麼說 Expressions Utiles

○ Bonjour. 您好，早安！
[bɔ̃ʒuʀ.]

Bonsoir. 您好，晚安！
[bɔ̃swaʀ.]

注意：晚安的法文：Bonne nuit [bɔn nɥi]，只有就寢前會使用，意思是祝有美好的一夜。

Bonsoir 則是晚上見面時，向人問好的表達語。

○ Enchanté(e)! 幸會！
[ɑ̃ʃɑ̃te!]

Ravi(e) de vous rencontrer! 很高興認識您！
[avi də vu ʀɑ̃kɔ̃tʀe!]

○ Je viens de Taïwan.／Je suis taïwanais(e). 我來自台灣。
[ʒə vjɛ̃ də taiwan.]　　[ʒə sɥi taiwanɛ(z).]

○ D'accord! 好的！瞭解了！
[dakɔʀ!]

💬 替換單詞 Vocabulaire（動詞變化 venir、habiter 請參考附錄）

○ 主詞 + Venir de + 地點 = 來自於～

例句：Je viens de ... 我來自～
[ʒə vjɛ̃ də]

Taïwan 台灣／Chine 中國／Hong Kong 香港
[taiwan]　　[ʃin]　　[ɔ̃g kɔ̃g]

○ 人 + Habiter + 地點 = 住在～

例句：J'habite ... 我住在～
[ʒabit]

en France 在法國／au Canada 在加拿大
[ɑ̃fʀɑ̃s]　　　　[o kanada]

à Taïwan 在台灣／aux États-Unis 在美國
[a taiwan]　　　[o ze tazyni]

Situation 02 介紹他人 Présenter quelqu'un
[pʀezɑ̃te kelkœ̃]

Tiens, Christophe! Bonsoir. 嗨，克里斯多福！晚安。
[tjɛ̃, kʀistof! bɔ̃swaʀ.]

Bonsoir, Patrick. Comment vas-tu?
[bɔ̃swaʀ, patʀik. kɔmɑ̃ va – ty?]
晚安，派翠克。最近好嗎？

Bien, merci et toi? 很好啊，謝謝，那你呢？
[bjɛ̃, mɛʀsi e twa?]

Bien. 很好。
[bjɛ̃.]
Je te présente Elisa, mon‿amie taïwanaise.
[ʒə tə pʀezɑ̃t eliza, mɔ̃ nami taiwanɛz.]
我跟你介紹艾莉莎，我的台灣朋友。

Enchanté, madame. Comment‿allez-vous?
[ɑ̃ʃɑ̃te, madam. kɔmɑ̃ tale – vu?]
很高興認識您，小姐。您好嗎？

Bien, et vous-même? 很好，您呢？
[bjɛ̃, e vu – mɛm?]

Bien. C'est votre première visite à Paris?
[bjɛ̃. sɛ vɔtʀ pʀəmjɛʀ vizit a paʀi?]
我很好。您第一次來巴黎嗎？

Non, je suis déjà venue ici l'année dernière.
[nɔ̃, ʒə sɥi deʒa vəny isi lane dɛʀnjɛʀ.]
不是耶，我去年就來過了。

也可以這麼說 Expressions Utiles

- Comment_allez-vous?／Vous_allez bien? 您好嗎？
  [kɔmã tale – vu?]　　　[vu zale bjɛ̃?]

- Bien, et vous-même?／Bien merci, et vous? 很好，謝謝，您呢？
  [bjɛ̃. e vu – mɛm?]　　　[bjɛ̃ mɛrsi, e vu?]

- Je te présente Elisa. 我跟你介紹艾莉莎。
  [ʒə tə pʀezɑ̃t eliza.]

  Tu connais Elisa? 你認識艾莉莎？
  [ty kɔnɛ eliza?]

替換單詞 Vocabulaire（動詞變化 être 請參考附錄）

- 所有格＋ami ♂ ＝～人的朋友
  　　　　amie
  　　　　[ami]

  mon 我的／ton 你的／son 他的
  [mɔ̃]　　　[tɔ̃]　　　[sɔ̃]

  notre 我們的／votre 你們的、您的／leur 他們的
  [nɔtʀ]　　　　[vɔtʀ]　　　　[lœʀ]

- 人＋Être＋國籍 ♀ ＝是××國人
  　　[ɛtʀ]

♂ 陽性	♀ 陰性	國籍
taïwanais [taiwanɛ]	taïwanaise [taiwanɛz]	台灣人
chinois [ʃinwa]	chinoise [ʃinwaz]	中國人
hongkongais [ɔ̃gkɔ̃gɛ]	hongkongaise [ɔ̃gkɔ̃gɛz]	香港人

Culture: Vouvoyer ou tutoyer?

[vuvwaje u tytwaje?]

法國二三事：「您」或「你」怎麼用？

　　法國社會中，人們長久以來都以「您（vouvoyer）」相稱，而「你」只侷限在家人間。直到法國大革命後，以「你（tutoyer）」相稱的情形才日漸普遍。

　　從「您」到「你」的關係演進，如同中文，使用「您」互稱，表示對話者雙方保持著適當距離的尊敬，但是，當「您」轉變由「你」相稱時，隱含著對話者間的關係拉近。如果想請問對方是否能以「你」相稱，只要說：

○ On pourrait se tutoyer maintenant, ce serait plus simple?
[ɔ̃ puʀe sə tytwaje mɛ̃tnã, sə səʀe ply sɛ̃pl?]
我們是否可以「你」相稱呢？這樣或許比較不拘束。

或是

○ Ça vous dérangerait si on se tutoyait?
[sa vu deʀɑ̃ʒʀe si ɔ̃ sə tytwaje?]
如果我們以「你」相稱會不會造成您的困擾？

　　日常生活中，有些情況下是不需要事先徵求對方的意見，法國人就會很自然地以「你」相稱，例如：

➤ 孩童稱呼大人時。因為年紀小還沒有辦法分辨人際關係的親疏，所以很自然地會以「你」相稱。一般而言，到了7～8歲時才開始注意「你」和「您」之間的差別。

➤ 孩童之間和青少年之間也會以「你」互稱（不論性別）。

➤ 家人之間。一般而言，當今的家庭即便是孩子稱呼父母也是以「你」相稱。

➤ 同儕之間。通常同一組織的成員們（同事、俱樂部成員或團員）會以「你」相稱，減少距離感。

➤ 朋友之間。以友相稱當然就不用那麼拘謹！

今日，年輕的法國人以「你」相稱的情況愈來愈普遍，但是，有分寸的法國人，在以下三種情形下，仍保持著以「您」相稱的禮貌：

➤ 第一次見面時。

➤ 與長官交談時。

➤ 與年長者交談時。

法國因幅員廣大，各地區的風俗民情也不同，南法人在第一次見面就用「你」的可能性相較比北法人多，但是，出門在外為了避免得罪人，建議不管到哪裡還是保持禮貌，以「您」相稱。

Situation 03　打招呼 Saluer
[salɥe]

Salut, Carine! 哈囉，卡琳!
[saly, karin!]

Salut, Elisa, ça va? 哈囉，艾莉莎，妳好嗎？
[saly, eliza , sa va?]

Ça va, et toi? 我很好，妳呢？
[sa va, e twa?]
Tu vas bien? 妳好不好呢？
[ty va bjɛ̃?]

Très bien. Quoi de neuf？我很好。有什麼新消息？
[tʀɛ bjɛ̃.] [kwa də nœf?]

Rien de spéciale. 沒什麼特別的。
[ʀjɛ̃ də spesjal.]
Toujours métro, boulot, dodo, et toi?
[tuʒuʀ metʀo, bulo, dodo, e twa?]
還是坐車、工作、上班啊，妳呢？

Pareil, comme d'hab... 老樣子，跟平常一樣囉。
[paʀɛj, kɔm dab.]

Voila mon bus, je dois y‿aller. 啊，公車來了，我要走了。
[vwala mɔ̃ bys, ʒə dwa jale.]
Bonne journée! 祝妳度過美好的一天！
[bɔn ʒuʀne!]

Toi aussi! Bonne journée!
[twa osi!] [bɔn ʒuʀne!]
妳也一樣！祝妳度過美好的一天！

💬 也可以這麼說 Expressions Utiles

○ Salut!／Coucou! 哈囉！
　[saly!]　[kuku!]

○ Ça va?／Tu vas bien? 你／妳好嗎？
　[sa va?]　[ty va bjɛ̃?]

○ Ça va.／Je vais bien. 我很好啊。
　[sa va.]　[ʒə vɛ bjɛ̃.]

○ Comme d'hab.／Comme d'habitude. 跟平常一樣
　[kɔm dab.]　　　[kɔm dabityd.]

○ Bon‿après-midi! 祝你美好的下午！
　[bɔ̃ naprɛ – midi!]

　Bonne soirée! 祝你／妳美好的夜晚！
　[bɔn swarɛ!]

💬 替換單詞 Vocabulaire（動詞變化 aller、devoir 請參考附錄）

○ 人 + Aller + 狀態副詞 = 某人過得～

　例句：Je vais ... 我過得 ～
　　　　[ʒə vɛ]

　　　　　　bien 很好／pas bien 不好／mal 很糟
　　　　　　[bjɛ̃]　　　[pa bjɛ̃]　　　　[mal]

○ 人 + Devoir + 原形動詞 = 某人應該做某事

　例句：Je dois ... 我應該 ～
　　　　[ʒə dwa]

　　　　　　aller au travail 去工作
　　　　　　[ale o travaj]

　　　　　　rentrer à la maison 回家
　　　　　　[rɑ̃tre a la mɛzɔ̃]

　　　　　　faire du sport 做運動
　　　　　　[fɛr dy spɔr]

Situation 04

邀請某人 Inviter quelqu'un
[ẽvite kelkœ̃]

 Tu es libre ce samedi soir?　這個星期六晚上妳有空嗎？
[ty ɛ libʀ sə samdi swaʀ?]

 Oui. Pourquoi?
[wi. puʀkwa?]
有啊，為什麼？

 J'organise une fête chez moi.　我在家辦了一個派對。
[ʒɔʀganiz yn fɛt ʃe mwa.]
Est-ce que tu peux venir?　妳可以來嗎？
[ɛ – s kə ty pø vəniʀ?]

 Avec plaisir! Merci!　榮幸之至！謝謝！
[avɛk pleziʀ!] [mɛʀsi!]

 De Rien!　不用客氣！（沒什麼啦！）
[də ʀjẽ!]

 À quelle‿heure ?　幾點鐘呢？
[a kɛ lœʀ?]

 Vers dix-neuf‿heure.　晚上7點左右。
[vɛʀ dis nœvœʀ.]

 D'accord.　好的。
[dakɔʀ.]
Je vais ramener des gâteaux.　我會帶一些糕點赴宴。
[ʒə vɛ ʀaməne de gato.]

 Génial!　太棒了！
[ʒenjal!]

○ Tu es libre?／Tu es disponible? 你／妳有空嗎？（尾音上揚）
　[ty ɛ libʀ?]　　[ty ɛ dispɔnibl?]

○ Est-ce que tu peux venir?／tu peux venir? 你／妳可以來嗎？（尾音上揚）
　[ɛ – s kə ty pø vəniʀ?]　　　[ty pø vəniʀ?]

○ Avec plaisir!／Volontiers! 榮幸之至！
　[avɛk pleziʀ!]　[vɔlɔ̃tje!]

○ De rien.／Ce n'est rien. 不用客氣！
　[də ʀjɛ̃.]　[sə nɛ ʀjɛ̃.]

●●● 替換單詞 Vocabulaire

○ Est-ce que ＋ 肯定句？ ＝ ～嗎？（尾音上揚）

　例句：Est-ce que tu es chez toi ? 你在家嗎？
　　　　[ɛ – s kə ty ɛ ʃe twa?]
　　　　＝ Tu es chez toi? [ty ɛ ʃe twa?]

○ Chez ＋ 強音受詞 ＝ 在～家

強音受詞	chez ＋ 強音受詞	解釋
moi [mwa]	**chez moi**	我家
toi [twa]	**chez toi**	你家
lui / elle [lɥi] / [ɛl]	**chez lui / chez‿elle**	他家／她家
nous [nu]	**chez nous**	我們家
vous [vu]	**chez vous**	你們家
eux / elles [ø] / [ɛl]	**chez‿eux / chez‿elles**	他們家／她們家

Culture: Comment faire la bise?
[kɔmɑ̃ fɛʀ la biz?]

法國二三事：法國人親臉頰，怎麼親？

浪漫的法國人，除了有名的french kiss（情人間）之外，日常生活中親臉頰（la bise）也是時時刻刻都看得到。

跟不熟的人，簡單的一句Bonjour（早安／你好）就可以帶過，但是，想要與人拉近關係，親臉頰的動作可千萬不能忽視。這個法國古老的傳統，身為外國人的我們，究竟要怎麼入境隨俗呢？

✿ 什麼時候親臉頰？（Quand?）

早晨問安、朋友相見、上班、久違重逢、收到禮物、抵達朋友家、離開朋友家前、上床前。

✿ 跟誰親臉頰？（À Qui?）

依據關係的種類（家庭、朋友、同事、年紀）和社會階層而異。一般而言，男生之間，如果是家族成員或朋友，互相親臉頰，否則只行握手禮。隨著潮流的演進，男生之間也愈來愈多行親臉頰禮。

就女生而言，不論對方是男生或女生都是親臉頰。遇到高階主管或老闆，不親臉頰，除非他／她主動跟你親臉頰。同事或同輩相見，見面時都是親臉頰。對年長者，不親臉頰以示尊敬，除非他／她主動。參加聚會時，一定要跟主人親臉頰，表示禮貌喔！

✿ 怎麼親？（Comment?）

親臉頰是一種拉近距離的象徵，但是可以不用碰到身體，不過，親的時候，親的聲音要出來（啾啾聲）。切記不要把對方的臉上弄得溼答答的。如果彼此不熟，親臉頰時只要碰觸臉頰即可。

✻ 要不要碰到對方的身體呢？

朋友之間，親臉頰時可以將手放在對方肩膀上。當兩人不熟時，礙於身高差距太懸殊，親臉頰時也可以這麼做。用手繞住頸部或是兩手夾住對方的頭再親臉頰，只能用在非常親近的朋友或是家人中。

✻ 親幾下？（Combien?）

依照地區和社會階級的不同，親的次數不同。

例如：Paris（巴黎）2下，Montpellier（南法大城蒙波利埃）3下，Orléans（巴黎南方奧爾良）4下，如果不知對方的地區或習慣，親2下後必須注意對方會不會繼續再親，不要急著走開，因為讓對方落空親空氣是很不禮貌的。就社會階級而言，貴族或富裕人家通常只親2下，一般人都會超過2下表示熱情。

✻ 從哪邊臉頰開始親？

都可以。兩人同時由左臉頰開始，或是由右臉頰開始。只要雙方都從同一邊開始，跳出一段優美的臉頰舞是不成問題的。

但是，如果一人由左臉頰，另一人由右臉頰開始，這樣尷尬的場面就可能發生，有時還會發生親在嘴上的情形。

相約見面 Fixer un rendez-vous
[fikse œ̃ ʀɑ̃de – vu]

Allô, Elisa? C'est Patrick. 喂，艾莉莎嗎？我是派翠克。
[al o, eliza?] [sɛ patʀik.]

Salut Patrick, ça va? 哈囉派翠克，你好嗎？
[saly patʀik, sa va?]

Oui, très bien. 我很好。
[wi, tʀɛ bjɛ̃.]

Dis-moi, tu fais quelque chose ce soir?
[di – mwa, ty fɛ kɛlkə ʃoz sə swaʀ?]
告訴我，妳今晚有事嗎？

Rien de prévu. 沒事啊。
[ʀjɛ̃ də pʀevy.]

Bien, ça te dit si on dîne ensemble?
[bjɛ̃, sa tə di si ɔ̃ din ɑ̃sɑ̃bl?]
太好了，你有沒有興趣一起去吃晚餐？

Avec plaisir! 當然好啊！
[avɛk pleziʀ!]

Comment on s'organise? 我們要怎麼約呢？
[kɔmɑ̃ ɔ̃ sɔʀganiz?]

Rendez-vous à Odéon à 8‿heures, ça te va?
[ʀɑ̃de – vu a ɔdeɔ̃ a ɥitœʀ, sa tə va?]
八點在Odéon見面，妳方便嗎？

Parfait. À tout‿à l'heure! 沒問題！晚點見！
[paʀfɛ. a tu ta lœʀ!]

À tout‿à l'heure! 晚點見！
[a tu ta lœʀ!]

○ Je suis occupé(e).／Je ne suis pas libre. 我有事。
  [ʒə sɥi ɔkype.]　　　[ʒə nə sɥi pɑ libʀ.]

○ Ça ne me dit pas.／Ça ne me dit rien. 沒興趣。
  [sa nə mə di pɑ.]　 [sa nə mə di ʀjɛ̃.]

○ Ça te va?／Ça t'arrange? 你／妳方便嗎？
  [sa tə va?] [sa taʀɑ̃ʒ?]

○ Ça ne m'arrange pas.／Je ne peux pas. 我不行耶。
  [sa nə maʀɑ̃ʒ pɑ.]　　 [ʒə nə pø pɑ.]

●● 替換單詞 Vocabulaire

○ Rendez-vous à ...heure(s) ＝ 相約〜點
  [ʀɑ̃de – vu a]

une‿heure	deux‿heures	trois‿heures	quatre heures
[y nœʀ]	[dø zœʀ]	[tʀwa zœʀ]	[ka tʀœʀ]
cinq‿heures	six‿heures	sept‿heures	huit‿heures
[sɛ̃ kœʀ]	[si zœʀ]	[sɛ tœʀ]	[ɥi tœʀ]
neuf‿heures	dix‿heures	onze heures	midi
[nœ vœʀ]	[di zœʀ]	[ɔ̃ zœʀ]	[midi]

CD-06

Excusez-moi, vous‿avez l'heure?　對不起，請問現在幾點了？
[ɛkskyze – mwa, vu zave lœR?]

Il‿est cinq‿heures vingt.　現在是5點20分。
[i lɛ sɛ̃ kœR vɛ̃.]

Merci beaucoup.　感謝您。
[mɛRsi boku.]

Je vous‿en prie.　您不用客氣。
[ʒə vuzã pri.]

Je vous trouve très belle.　我覺得您很漂亮。
[ʒə vu tRuv tRɛ bɛl.]

Merci, c'est très gentil.　謝謝您的稱讚。
[mɛRsi, sɛ tRɛ ʒãti.]

Je m'appelle Jérôme, et vous?　我叫傑宏，您呢？
[ʒə mapɛl ʒérɔm, e vu?]

Moi, c'est Léa.　我是莉亞.
[mwa, sɛ lea.]

Vous‿avez du temps pour prendre un café?
[vu zave dy tã puR pRãdR œ̃ kafe?]
您有時間喝一杯咖啡嗎？

J'aimerais bien, mais je suis pressée...
[ʒɛmRɛ bjɛ̃, mɛ ʒə sɥi pRese...]
我很願意，但是我趕時間⋯⋯

Pourriez-vous au moins me laisser votre numéro?
[puRje – vu o mwɛ̃ mə lɛse vɔtR nymeRo?]
您可以至少留下電話嗎？

○ Je vous‿en prie.／Il n'y‿a pas de quoi. 您不用客氣。
  [ʒə vuzã pri.]   [il ni ja pa də kwa.]

○ Ça ne m'intéresse pas. 我沒興趣。
  [sa nə mẽteʀɛs pa.]

○ Je ne pense pas. 我不這麼認為。
  [ʒə nə pãs pa.]

○ C'est est pas possible. 不可能。
  [sɛ pa pɔsibl.]

💬💬 替換單詞 Vocabulaire（動詞變化 trouver 請參考附錄）

○ Je vous trouve ＋ 形容詞 ＝ 我覺得您～
  [ʒə vu tʀuv]

形容男生 ♂	形容女生 ♀
beau [bo] 帥	**belle** [bɛl] 美
charmant [ʃaʀmã] 有魅力	**charmante** [ʃaʀmãt] 有魅力
mignon [miɲɔ̃] 可愛	**mignonne** [miɲɔn] 可愛

小叮嚀　法文使用很多的代名詞，而且代名詞都必須放在動詞前面。這裡的 vous 是人稱代名詞。所以當我們要說：我覺得您……，必須將 vous 放在動詞 trouver 的前面。

Culture: Politesse des invités
[pɔlitɛs de zɛ̃vite]

法國二三事：到法國人家中的作客禮儀

每個國家都有不同的風俗民情，好不容易結交到法國朋友，很榮幸地被邀請參加晚宴、餐會或是雞尾酒會。身為法國人的客人，需要注意什麼細節，才不會冒犯失禮呢？

幾點小訣竅，不但讓你留下好印象，法國朋友還會覺得你很有格調（Classe）呢！

✿ 赴宴的時間

法國人，不像我們亞洲人，宴客時間還沒到，客人們就已經先到了。在法國，太早到跟太晚到都是很失禮的行為，約定的宴會時間20：30，身為客人的你，請注意不要剛剛好在20：30就敲門按鈴，因為主人可能還沒準備好。

最早可以比約定的時間晚5分鐘到，如果晚到一點是沒關係的，但是不可以晚半小時以上才到。

✿ 進門問候

無論如何請先跟男女主人問好。除了口頭上的問好（Bonjour / Bonsoir），別忘了還要親臉頰（faire la bise）喔！絕對不能先跑去找朋友聊天，如果在場有朋友先跑來跟你聊天，你可以請他／她稍等一下，等問候主人完後你再去找他們相聚。

✿ 聊天的話題

法國人以愛聊天聞名，然而聊天不是隨便亂聊一通，也必須看場合說對話。

在一個聚會裡，即便在餐桌上，法國人還是喜歡聊天的輕鬆氣氛，千萬不可保持沈默或是大放厥詞，都是很失禮的。至於聊天的話題，以輕鬆為主，避免敏感議題（例如：政治、宗教、個人道德觀），不要過度批評某些行業，以免得罪在場的客人。

另外，與人交談時，切忌只談論自己，別忽視了跟你交談的人，除了讓對方有表達的機會，也必須表現出認真傾聽的態度。即使遇到聊得很開心的對象，還是必須注意時間，因為霸佔對方太久也是很不禮貌的。

🍀 道別的時刻

在法國，如果你受邀至餐宴，喝完餐後的咖啡，也大約是該離開的時刻了。

此時，客人們會開始相繼地離開，當所有客人都已經回家了，而你還留在主人家繼續打擾是一件很不禮貌的事，除非主人特地挽留你，否則請勿拖延到太晚。

🍀 怎麼道別？

切忌不要一聲不響地悄悄離開。離開前請告知主人，並向主人道謝。離開時可以使用手勢向在場的客人們道別，離開時請低調離開不需大肆廣播。一般而言，男主人會陪伴客人到門口道別，女主人則留下招呼客人。

🍀 誠摯地道謝

即便是一場很無聊或很難吃的聚會，離開前請務必感謝主人的邀請，也可以隔天另外再撥通電話或傳訊息向主人們道謝。

🍀 合適的伴手禮

不要帶餐點或甜點，除非主人有特定說明。不要帶香檳或紅酒，因為一個正式的餐會，主人都會想好該搭配的酒類。

不要在赴宴時帶花束送給主人，因為當下主人必須招呼客人，如果還必須再花時間找花瓶，可能加重主人的負擔。如果赴宴時真的要送花，請連帶送花瓶，不僅讓主人省事也很貼心。或是，在前一天或宴會當天早上請人先送花過去，不要忘了在花上附上一張感謝小卡。

你可以送巧克力或書，或是主人喜歡的小東西。禮物請在進門與主人打招呼時遞給主人，不需要大聲喧嘩你帶了某某禮物赴宴。

L'apéro（餐前酒）時刻，除了可以在家裡享用，也有不少年輕人直接到超市買些啤酒和零嘴，一起在河岸邊度過這個輕鬆的時刻。

傳統的鄉村麵包搭配果醬，榛果醬或是白巧克力醬成了簡單又健康的法式早餐。

單元二：La vie quotidienne 一天的生活

Situation 01

起床準備 Se préparer
[sə pRepaRe]

Chérie, la salle de bain est libre. 親愛的，浴室可以用了。
[ʃeRi, la sal də bɛ̃ ɛ libR.]
Tu peux prendre ta douche！妳可以洗澡了！
[ty pø pRɑ̃dR ta duʃ!]

Ok, j'y vais! 好的，我要去了！
[ɔke, ʒi vɛ!]
Où est ma serviette? 我的浴巾在哪裡？
[u ɛ ma seRvjɛt?]

Dans la machine à laver，在洗衣機裡，
[dɑ̃ la maʃin a lave,]

il y en‿a des propres dans le meuble. 櫃子裡有乾淨的。
[il i jɑ̃ na de pRɔpR dɑ̃ lə mœbl.]

Bon, il faut vite que je me rase et me brosse les dents,
[bɔ̃, il fo vit kə ʒə mə Raz e mə bRɔs le dɑ̃,]
我要趕快刮鬍子刷牙，

sinon je vais être en retard. 要不然，我就遲到了。
[sinɔ̃ ʒə vɛ ɛtR ɑ̃ Rətar.]

Tiens, ta serviette, essuie-toi vite.
[tjɛ̃, ta seRvjɛt, esɥi – twa vit.]
你的毛巾，趕快擦一擦。

Tu veux le sèche cheveux? 你要吹風機嗎？
[ty vø lə seʃ ʃəvø?]

Non ça va, il fait beau aujourd'hui！不用，今天天氣很好！
[nɔ̃ sa va, il fɛ bo oʒuRdɥi!]

○ Il faut que je me dépêche.／Je dois me dépêcher. 我必須要趕快。
[il fo kə ʒə mə depɛʃ.]　　　　[ʒə dwa mə depeʃe.]

○ Tu peux te doucher.／Tu peux prendre ta douche. 你可以洗澡了。
[ty pø tə duʃe.]　　　　[ty pø pʀɑ̃dʀ ta duʃ.]

● ● 替換單詞 Vocabulaire（請參考附錄的反身動詞變化）

○ 主詞 + se 動詞 ... = 反身動詞（做在自己身上的動作）

第一類：做在整個身體或是只有一個接受動作的部位，動詞後不需
　　　　特地指出身體部位。

例如：se raser 刮鬍子／se doucher 洗澡／se dépêcher 趕快
　　　[sə ʀaze]　　　　[sə duʃe]　　　　[sə depeʃe]

主詞 （做動作者）	反身受詞 （接受動作者）	動詞 （動作）	中文意思
Je	me [mə]	douche [duʃ]	我洗澡
Tu	te [tə]	douches [duʃ]	你洗澡
Il / Elle	se [sə]	douche [duʃ]	他／她洗澡
On	se [sə]	douche [duʃ]	我們洗澡（口語）
Nous	nous [nu]	douchons [duʃɔ̃]	我們洗澡
Vous	vous [vu]	douchez [duʃe]	你們／您洗澡
Ils / Elles	se [sə]	douchent [duʃ]	他們／她們洗澡

第二類：做在身體的動作，因有不同部位的可能性，動詞後必須指
　　　　出接受動作的身體部位。。

例如：1）se laver les mains 洗手／se laver les cheveux 洗頭髮
　　　　　[sə lave le mɛ̃]　　　　[sə lave le ʃəvø]

　　　2）se brosser les dents 刷牙／se brosser les cheveux 梳頭髮
　　　　　[sə bʀɔse le dɑ̃]　　　　[sə bʀɔse le ʃəvø]

Situation 02　早餐時間 Petit-déjeuner
[pəti – deʒœne]

Tu veux boire quoi pour ton petit-déjeuner？早餐你想喝什麼？
[ty vø bwaʀ kwa puʀ tɔ̃ pəti – deʒœne?]

Un bol de café au lait avec du sucre, s'il te plait !
[œ̃ bɔl də kafe o lɛ avɛk dy sykʀ, sil tə plɛ!]
一碗咖啡牛奶加點糖，麻煩妳！

Tu veux un jus de fruit？你要果汁嗎？
[ty vø œ̃ ʒy də fʀɥi?]

Oui, je veux bien un jus un pomme.
[wi, ʒə vø bjɛ̃ œ̃ ʒy de pɔm.]
好，我想要蘋果汁。

Pour manger il‿y‿a du pain, du beurre, 吃的有麵包，奶油，
[puʀ mɑ̃ʒe i li ja dy pɛ̃, dy bœʀ,]
de la confiture, des céréales, des yaourts...
[də la kɔ̃fityʀ, de seʀeal, de jauʀt...]
果醬、麥片、優格……

Du pain et du beurre demi-sel, si tu en‿as...,
[dy pɛ̃ e dy bœʀ dəmi – sɛl, si ty ɑ̃ na...]
麵包和一點鹹奶油，如果妳有的話……，
Je vais aller chercher des viennoiseries.
[ʒə vɛ ale ʃɛʀʃe de vjɛnwazʀi.]
我要去買些甜麵包。
Tu veux quoi？妳想要吃什麼？
[ty vø kwa?]

Une petite brioche et un croissant, s'il te plaît !
[yn pətit bʀijɔʃ e œ̃ kʀwasɑ̃, sil tə plɛ!]
一個奶油麵包和一個可頌，麻煩你了！

D'accord, moi je vais prendre des chouquettes, j'adore ça!
[dakɔʀ, mwa ʒə vɛ pʀɑ̃dʀ de ʃukɛt, ʒadɔʀ sa!]
好的，我啊，我想買一些小泡芙，我超愛的！

034

○ Tu veux quoi?／Qu'est-ce que tu veux? 你／妳想要什麼？
[ty vø kwa?]　　　[kɛ - s kə ty vø?]

○ Je vais aller acheter des viennoiseries. 我要去買甜麵包。
[ʒə vɛ ale aʃte de vjɛnwazʀi.]

💬 替換單詞 Vocabulaire（動詞變化 aller 請參考附錄）

○ 主詞 ＋ Aller ＋ 原型動詞 ... ＝ ～即將要做某事

例句：Il va acheter ... 他要去買～
[il va aʃte]

du pain　麵包
[dy pɛ̃]

de la confiture　果醬
[də la kɔ̃fityʀ]

de l'eau　水
[də lo]

des yaourts　優格
[de jauʀt]

小叮嚀　部分冠詞 Du／De la／De l'／Des（總體概念，無法量化的數量。）

	單數 （字首子音）	單數 （字首母音）	複數
陽性♂	du	de l'	des
陰性♀	de la		

Culture: Petit-déjeuner à la française
[pəti deʒœne a la fʀɑ̃sɛz]

法國二三事：經典法式早餐

提到對法國人的印象，腦中馬上浮現一個形象：身穿條紋水手衣、頭戴貝雷帽、一手拿葡萄酒，另一手臂中還夾住一根法式長棍麵包……。

沒錯，說到法國不得不談到經典的法式長棍麵包：la baguette [la bagɛt]。長長的金黃外觀，外脆內軟的麵包，因為各式果醬都可以完美搭配而聞名。一截截的baguette（法式長棍麵包）再對切，裡面的蓬鬆部分露出，上面塗上任何你喜歡的東西，就成了tartine [taʀtin]（塗上東西的麵包片）了。至於要抹上原味奶油、鹹奶油、水果醬、堅果醬、蜂蜜還是巧克力醬，不僅隨著地區而異，也依每個人喜好而不同。

美食聞名的法國，早餐當然不是只有長棍麵包這種不加油、不加糖的傳統麵包就可以打發了。還有稱為viennoiserie [vjɛnwazʀi]添加了糖、奶、奶油、蛋……的各式甜麵包，其中以奶油可頌（croissant au beurre [kʀwasɑ̃ o bœʀ]）和巧克力麵包（pain au chocolat [pɛ̃ o ʃɔkɔla]）都是早餐寵兒。

♣ 早晨的麵包配什麼飲料呢？

一日之計在於晨，法國人也有這種概念，所以早餐必須補充含維他命 C 的果汁，其中柳橙汁名列前茅！此外，還有熱飲，傳統的牛奶咖啡（café crème [kafe kʀɛm]）、拿鐵咖啡（café au lait [kafe o lɛ]）、黑咖啡（café noir [kafe nwaʀ]）、茶（thé [te]）或是熱巧克力（chocolat chaud [ʃɔkɔla ʃo]）都是開啟一天不可或缺的元素。

一般而言，在飯店裡提供的「petit déjeuner continental（歐陸早餐）」是指典型的法式早餐，一定有這四組成員的出現：

1）la baguette　法式長棍麵包

2）les viennoiseries　法式甜麵包

3）un jus de fruit frais 一種新鮮水果汁

4）une boisson chaude 一種熱飲

　　如果在家，想要來份法國味十足的早餐，有了經典早餐的菜單，應該不難準備了。

　　到了法國，起了個大早想嚐嚐所謂的法式早餐，只要光臨咖啡館（Café）和簡餐館（Brasserie）就可以了，還可以選擇在室內還是在露天咖啡座品嚐呢！

➤ 注意：法國傳統的麵包店（Boulangerie [bulɑ̃ʒʀi]）沒有提供內用服務喔！

➤ 你知道嗎？平均一位法國人每年吃掉約 60 公斤的麵包！

Situation 03 上班工作 Au travail

[o tʀavaj]

Salut Patrick, ça va? 哈囉派翠克，你好嗎？
[saly patrik, sa va?]

Oui. je suis en forme. Et toi? 好得不得了。你呢？
[wi. ʒə sɥi ã fɔʀm. e twa?]

Je suis un peu stressé pour la visite des clients chinois.
[ʒə sɥi œ̃ pø stʀese puʀ la vizit de klijã ʃinwa.]
我對中國客戶的來訪很緊張。

Je comprends. 我瞭解。
[ʒə kɔ̃pʀã.]
J'étais comme toi la semaine dernière pour les japonais.
[ʒete kɔm twa la səmɛn dɛʀnjɛʀ puʀ le ʒapɔnɛ.]
上星期日本人來訪的時候，我也跟你一樣。

Oui!tu étais très stréssé pour l'exposé en‿anglais!
[wi! ty etɛ tʀɛ stʀese puʀ lɛkspoze ã nãglɛ!]
對啊，為了要用英文作簡報你超級緊張的！

Heureusement, ça s'est bien passé.
[œʀøzmã, sa sɛ bjɛ̃ pase.]
還好最後，進行得還不錯。
Aujourd'hui c'est ton tour.Bon courage!
[auʒouʀdɥi sɛ tɔ̃ tuʀ. bɔ̃ kuʀaʒ!]
今天換你了。加油！

Merci. Je vais préparer mon‿exposé.
[mɛʀsi. ʒə vɛ pʀepaʀe mɔ̃ nɛkspoze.]
謝謝。我要去準備簡報了。

也可以這麼說 Expressions Utiles

- Comment vas-tu? ／ Comment ça va? 你／妳好嗎？
  [kɔmã va – ty?]　　[kɔmã sa va?]

- Je suis en forme. ／ J'ai la pêche. 我好得很！
  [ʒə sɥi ã fɔrm.]　[ʒɛ la pɛʃ.]

- ça s'est bien passé. ／ ça a été. 進行得不錯。
  [sa sɛ bjɛ̃ pase.]　[sa a ete.]

替換單詞 Vocabulaire（動詞變化 être 請參考附錄）

- 人 ＋ être ＋ 感受形容詞 ＝ 某人很～

  （être 是法文中的be動詞，加上感受形容詞，成了某人感到某種情緒）

  例句：Je suis calme. 我很冷靜。
  　　　[ʒə sɥi kalm.]

正面感受

陽性 ♂	陰性 ♀	中文解釋
calme [kalm]	calme [kalm]	冷靜的
serein [sərɛ̃]	sereine [sərɛn]	沈穩的
tranquille [trɑ̃kil]	tranquille [trɑ̃kil]	平靜的

負面感受

陽性 ♂	陰性 ♀	中文解釋
stressé [strɛse]	stressée [strɛse]	緊張的
inquiet [ɛ̃kjɛ]	inquiète [ɛ̃kjɛt]	擔憂的
anxieux [ɑ̃ksjø]	anxieuse [ɑ̃ksjøz]	焦慮的

04 下班買菜 Faire les courses
[fɛʀ le kuʀs]

Coucou, mon‿amour, comment s'est passée ta journée?
[kuku, mɔ̃ na muʀ, kɔmã sɛ pase ta ʒuʀne?]
哈囉，心愛的，你今天過得如何？

Ça a été, et toi? Ça va?　還不錯，妳呢？好嗎？
[sa a ete, e twa? sa va?]

Moi, ça va. Je vais faire les courses,　我還好。我要去買菜，
[mwa, sa va. ʒə vɛ fɛʀ le kuʀs,]
qu'est-ce que tu as envie de manger ce soir?　你今晚想吃什麼？
[kɛ - s kə ty a ãvi də mãʒe sə swaʀ?]

Des galettes bretonnes avec‿une salade!
[de galɛt bʀətɔn avɛ kyn salad!]
黑麥鹹薄餅和沙拉！

Ok, donc je vais prendre du jambon,　好的，那我會買些火腿，
[ɔke, dɔ̃k ʒə vɛ pʀãdʀ dy ʒãbɔ̃,]
du gruyère, une salade et du cidre, ça te va?
[dy gʀyjɛʀ, yn salad e dy sidʀ, sa tə va?]
格呂耶爾乳酪，一個沙拉和蘋果酒，這樣你覺得可以嗎？

Parfait! Prends du cidre brut, je préfère.
[paʀfɛ! pʀã dy sidʀ bʀyt, ʒə pʀefɛʀ.]
太好了！買原味蘋果酒，我比較喜歡這種。

Pas de problème! À toute! Bisous!　沒問題！待會見！親親！
[pa də pʀɔblɛm! a tut! bizu!]

Merci! À toute, mon‿amour! Bisous!
[mɛʀsi! a tut, mɔ̃ namuʀ! bizu!]
待會見，心愛的！親親！

🗨️ 也可以這麼說 Expressions Utiles

○ Tu as envie de manger…?／Tu veux manger…?
  [ty a ãvi də mãʒe...?]　　　[ty vø mãʒe...?]
  你／妳想吃～嗎？（尾音上揚）

○ Pas de souci.／Ça marche.　沒問題。
  [pɑ də susi.]　[sa maʀʃ.]

○ À toute.／À tout‿à l'heure.　待會見。
  [a tut.]　[a tu ta lœʀ.]

🗨️ 替換單詞 Vocabulaire（動詞變化 avoir 請參考附錄）

○ 人＋ Avoir envie de ＋原形動詞 ＝ 某人想要做某事

  例句：Il‿a envie de...　他想～
  　　　[i la ãvi də]　　manger [mãʒe] 吃東西
  　　　　　　　　　　　boire [bwaʀ] 喝東西
  　　　　　　　　　　　partir [paʀtiʀ] 出門

○ Comment s'est passé ＋ ♂ 名詞？ ＝ ～進行得如何？

  Comment s'est passée ＋ ♀ 名詞？

陽性 ♂		陰性 ♀	
ton voyage		**ta journée**	
[tɔ̃ vwajaʒ] 你的旅行		[ta ʒuʀne] 你的一天	
ton week-end		**ta soirée**	
[tɔ̃ wikɛnd] 你的週末		[ta swaʀe] 你的夜晚	
ton rendez-vous		**ta visite**	
[tɔ̃ ʀɑ̃de-vu] 你的約會		[ta vizit] 你的假期	

Culture: Prendre un verre après le travail
[pʀɑ̃dʀ œ̃ vɛʀ apʀe lə tʀavaj]

法國二三事：下班了，放鬆一下

　　法國每週的法定工時是35小時，和亞洲國家相較下，工時雖然少很多，但是工作量不見得成比例減少。相反地，在2008年的全球金融風暴下，企業流行裁員的趨勢，使員工面對隨時可能被資遣的可能性，工作量和壓力無形間也大大地提高，工作帶來的負面情緒也隨之增加……。

　　懂得生活藝術的法國人，在一整天緊湊的工作後，下班回家前，會試著調整情緒，避免把工作情緒帶回家庭生活中。最常見的緩衝方式，就是和朋友或是同事下班後一起喝一杯、聊聊天，在愉悅輕鬆的環境下把腦子清空，再帶著快樂的情緒回家用餐。

　　餐前與親朋好友小酌一番的法式傳統，稱為餐前酒（l'apéritif [lapeʀitif] 或是簡稱l'apéro [lapeʀo]）。雖然現代社會不像以前，每餐前都會小酌閒話一番，但是，遇逢週日或假期，悠閒的法國人還是不忘享受歡樂的l'apéro。

　　在法國，l'apéro時刻是跟親朋好友一起享用含有酒精的飲料，配上一些小零嘴或是小點心，在微量酒精的幫助下，從談笑風聲中營造稍後的愉悅用餐氣氛。這個放鬆的時間，不僅有助於下班後放鬆心情，讓用餐者有時間緩和情緒，同時，也讓料理者有足夠的時間可以準備餐點，也正因為如此，準備餐點的人會告知用餐者：「l'apéro結束了，可以上桌用餐了！」。

　　但是，如果你被邀請喝一杯l'apéro，不代表主人就會留你下來吃飯喔！因為在法國，只是聚在一起小酌一番的情況很常見，除非主人事先已經說要邀請你吃飯，不然l'apéro完後，請不要硬待下來等用餐喔！通常l'apéro的時間介於半小時到一個半小時，如果時間差不多了，身為客人的你，應該試著打住話題，起身告辭。

近年來，英國的Afterwork drink風潮也吹進法國，也改變了一些下班l'apéro的本質，原本簡單的聚會成為專業人士的社交場合，互相交換職場訊息，甚至演變為求職人士找雇主的場所。但是，這種英式職場導向的l'apéro，在法國畢竟還是少數，因為法國人堅持保持一定的生活品質，下班了就是要放鬆，盡量不談公事。即便是下班後同事間的l'apéro還是著重在放鬆，不談敏感話題，但是公私分明，雖然是很好的同事兼朋友，私人的事情還是留在親密好友或家人的圈子裡分享。

　▲　L'apéro（餐前酒）時刻，除了可以在家裡
　　　享用，許多小酒館也會提供餐前酒套餐，
　　　讓三五好友可以在餐館享用。

準備餐桌 Préparer la table

[pʀepaʀe la tabl]

hmm, Ça sent bon! 嗯，聞起來好香喔！
[mm,sa sã bɔ̃!]
Qu'est-ce que tu prépares de bon? 妳在準備什麼料理？
[kɛ – s kə ty pʀepaʀ də bɔ̃?]

Du rôti de porc et de la ratatouille! 烤豬肉和雜菜燴！
[dy ʀoti də pɔʀ e də la ʀatatuj!]

J'adore ça! Ça me donne faim! 我超愛的！讓我好想吃喔！
[ʒadɔʀ sa! sa mə dɔn fɛ̃!]

Il faut attendre encore un peu. 還要再等一下。
[il fo atãdʀ ãkɔʀ œ̃ pø.]
Tu peux mettre la table, s'il te plaît?
[ty pø mɛtʀ la tabl, sil tə plɛ?]
你可以準備餐具嗎？

Bien sûr! 當然囉！
[bjɛ̃ syʀ!]
Deux fourchettes, deux couteaux, deux verres et des serviettes, voila!
[dø fuʀʃet, dø kuto, dø veʀ e de seʀvjet, vwala!]
兩個叉子、兩個刀子、兩個杯子還有餐巾紙，好了！

N'oublie pas de prendre deux cuillères pour la crème au caramel.
[nubli pa də pʀãdʀ dø kɥijeʀ puʀ la kʀem o kaʀamel.]
別忘了拿兩個湯匙吃焦糖布丁。

La crème au caramel, mon dessert préféré!
[la kʀem o kaʀamel, mɔ̃ deseʀ pʀefeʀe!]
焦糖布丁，我最愛的甜點！
C'est la fête ce soir! 今晚吃大餐喔！
[se la fet sə swaʀ!]

○ Qu'est-ce que tu cuisines de bon?　你／妳在煮什麼料理？
　[kɛ – s kə ty kɥizin də bɔ̃?]

○ Ça me donne l'appétit!　這讓我好想吃喔！
　[sa mə dɔn lapeti!]

○ N'oublie pas les cuillères.　別忘了湯匙。
　[nubli pa le kɥijɛʀ.]

替換單詞 Vocabulaire（動詞變化 pouvoir 請參考附錄）

○ 人＋ pouvoir ＋原形動詞 ＝ 某人可以做某事

　例句：Tu peux ... 你可以～
　　　　[ty pø]
　　　　　　　　mettre la table　準備餐具／擺餐桌
　　　　　　　　[mɛtʀ la tabl]
　　　　　　　　faire la vaisselle　洗碗
　　　　　　　　[fɛʀ la vɛsɛl]
　　　　　　　　ranger les couverts　整理餐具
　　　　　　　　[ʀɑ̃ʒe le kuvɛʀ]
　　　　　　　　essuyer les verres　擦乾玻璃杯
　　　　　　　　[esɥije le vɛʀ]
　　　　　　　　m'aider　幫我
　　　　　　　　[mɛde]

○ 如果要問「可不可以～嗎？」，只要再句首加上 Est-ce que

　例句：Est-ce que tu peux m'aider?
　　　　[ɛ – s kə ty pø mɛde?]
　　　　你可以幫我嗎？

用餐了 À table

[a tabl]

C'est prêt! À table! 東西都好了！吃飯囉！
[sɛ pʀɛ!] [a tabl!]

J'arrive tout de suite! 我馬上就到！
[ʒaʀiv tu də sɥit!]

Passe-moi ton‿assiette. 遞給我你的盤子。
[pɑs - mwa tɔ̃ na sjɛt.]
Une tranche de rôti et deux grandes cuillères de ratatouille, ça suffit?
[yn tʀɑ̃ʃ də ʀoti e dø gʀɑ̃d kɥijɛʀ də ʀatatuj, sa syfi?]
一片豬肉和兩大湯匙的雜菜燴，夠嗎？

Oui, c'est largement suffisant! 夠，這樣絕對夠的！
[wi, sɛ laʀʒəmɑ̃ syfizɑ̃!]

Voila, pour toi, mon chéri. 好了，給你的，親愛的。
[vwala, puʀ twa, mɔ̃ ʃeri.]

Merci, mon‿amour. 謝謝，心愛的。
[mɛʀsi, mɔ̃ na muʀ.]
Tu veux du vin? 妳要酒嗎？
[ty vø dy vɛ̃?]

Je veux bien, merci. 好的，謝謝。
[ʒə vø bjɛ̃, mɛʀsi.]

On va se régaler! Bon‿appétit!
[ɔ̃ va sə ʀegale!] [bɔ̃ na peti!]
我們會吃得很盡興！祝妳有好胃口！

Bon‿appétit! 祝你有好胃口！
[bɔ̃ na peti!]

也可以這麼說 Expressions Utiles

○ Ça suffit?／C'est suffisant? 這樣夠嗎？
　[sa syfi?]　　[sɛ syfizɑ̃?]

○ Non, je n'en veux pas, merci. 不用，我不要，謝謝。
　[nɔ̃, ʒə nɑ̃ vø pa, mɛʀsi.]

替換單詞 Vocabulaire（動詞變化 passer、vouloir 請參考附錄）

○ Passe-moi ＋ 物 ＝ 遞給我某物
　[pas－mwa]
　　　　　　　le pain 麵包／le sel 鹽巴／le poivre 胡椒
　　　　　　　[lə pɛ̃]　　　　[lə sɛl]　　　　[lə pwavʀ]

　　　　　　　le beurre 奶油／le vin 酒／l'eau 水
　　　　　　　[lə bœʀ]　　　　[lə vɛ̃]　　　[lo]

○ 人 ＋ vouloir ＋ 物 ＝ 某人要某物

　例句1：Tu veux ... 你要～
　　　　[ty vø]
　　　　　　　du pain 麵包／du sel 鹽巴／du poivre 胡椒
　　　　　　　[dy pɛ̃]　　　　[dy sɛl]　　　[dy pwavʀ]

　　　　　　　du beurre 奶油／du vin 酒／de l'eau 水
　　　　　　　[dy bœʀ]　　　　[dy vɛ̃]　　　[də lo]

　例句2：Tu ne veux pas ... 你不要～
　　　　[ty nə vø pa]
　　　　　　　de pain 麵包／de sel 鹽巴／de poivre 胡椒
　　　　　　　[də pɛ̃]　　　　[də sɛl]　　　[də pwavʀ]

　　　　　　　de beurre 奶油／de vin 酒／d'eau 水
　　　　　　　[də bœʀ]　　　　[də vɛ̃]　　　[do]

Culture: Comment mettre la table?

[kɔmã mɛtʀ la tabl?]

法國二三事：餐桌怎麼擺？

　　以美食藝術聞名世界的法國，對餐桌上的藝術當然也是很講究。不論到餐廳，受邀到法國朋友家用餐，甚至可能需要幫忙擺放餐具，面對樣式眾多的餐具，該怎麼擺？該怎麼用？

　　餐具刀叉的擺放有幾個原則：

> 用餐時最早用到的刀叉，離餐盤越遠。

> 主菜的刀叉就在餐盤旁邊。

> 面對餐盤，右邊放刀子湯匙，左邊放叉子，上方放主餐後使用的餐具（例如：甜點或乳酪用的湯匙和刀叉）。

> 刀子的鋸齒面向餐盤，湯匙匙面朝下，叉子尖端朝下。

> 杯子放在餐盤的上方，和餐盤間隔著甜點用的餐具，依據大小由左往右放（也就是由水杯開始往右發展）。

> 餐巾通常置於餐盤左邊，但是餐廳或是講究的主人會將餐巾摺得美美的，再放在盤中或杯子裡。

1）深盤	5）肉類刀子	9）乳酪刀子
2）平盤	6）魚類刀子	10）麵包盤
3）肉類叉子	7）食湯湯匙	11）水杯
4）魚類叉子	8）甜點湯匙	12）紅酒杯
		13）白酒杯

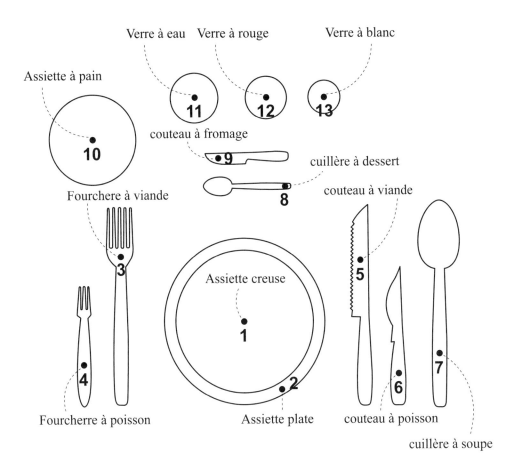

Verre à eau　Verre à rouge　Verre à blanc

Assiette à pain

11　12　13

coteau à fromage

10

cuillère à dessert

Fourchere à viande

9

8

couteau à viande

3

Assiette creuse

5

Assiette creuse

1

4

2

7

6

Fourcherre à poisson

Assiette plate

couteau à poisson

cuillère à soupe

　　上圖中的餐盤擺設，基於前菜是魚類，主菜為肉類，之後為乳酪品，接著為甜點。如果菜色改變餐具的刀叉也會改變，但是擺設和使用的基本原則不變：越早用到的刀叉離餐盤越遠，所以使用刀叉的順序由外往內用！

　　一般而言，家人或朋友之間的非正式場合的餐聚，餐具相對也會簡化；愈是正式的餐會或是高級餐廳，餐具的擺設也會跟著愈講究愈複雜，但是只要記住餐具擺設的原則，再怎麼複雜的情況都可以迎刃而解，不用擔心！

➤ 注意：用餐後，不可以把刀子和叉子相交成X置於餐盤中，刀子和叉子應該一起放置於餐盤中。

◀▲ 巴黎瑪黑區的百年茶館 Mariage frères，店內除了是茶館之外，還販售各類茶品，店內的陳設非常古色古香。

▶ 甜點大師Philippe Conticini（菲利普·孔笛奇尼）打造的夢幻甜點店La Pâtisserie des rêves 果然名符其實：非常的夢幻。

單元三：Café／Salon de thé
咖啡廳／茶館

Situation 01 享受咖啡時光 Au café
[o kafe]

 On s'installe en terrasse? 我們坐露天座嗎？
[ɔ̃ sɛ̃stal ɑ̃ teʀas?]

 Oui, il fait tellement beau aujourd'hui.
[wi, il fɛ tɛlmɑ̃ bo oʒuʀdɥi.]
好啊，今天天氣很好。

 Bonjour, messieurs-dames, vous‿avez choisi?
[bɔ̃ʒuʀ, mesjø – dam, vu zave ʃwazi?]
您好，先生女士，您們選好了嗎？

 Je vais prendre un café, s'il vous plaît.
[ʒə vɛ pʀɑ̃dʀ œ̃ kafe, sil vu plɛ.]
我點一杯咖啡，麻煩你了。

 Bien. Et vous, monsieur? 好的。先生，那您呢？
[bjɛ̃. e vu, məsjø?]

 Moi, je voudrais un demi, s'il vous plaît.
[mwa, ʒə vudʀɛ œ̃ dəmi, sil vu plɛ.]
我想要一杯生啤酒，麻煩您。

 Très bien, monsieur. 好的，先生。
[tʀɛ bjɛ̃, məsjø.]

（一段時間後……）

 L'addition, s'il vous plaît! 買單，麻煩您！
[ladisjɔ̃, sil vu plɛ!]

 Oui, monsieur. 好的，先生。
[wi, məsjø.]
Ça fait cinq‿euros cinquante, s'il vous plaît.
[sa fɛ sɛ̃ køʀo sɛ̃kɑ̃t , sil vu plɛ.]
總共5.50歐元，麻煩您。

- Pas encore. 還沒。
  [pa ãkɔʀ]

- Encore quelques minutes. 再幾分鐘。
  [ãkɔʀ kɛlkə minyt.]

- Je n'ai pas encore choisi. 我還沒選好。
  [ʒə ne pa ãkɔʀ ʃwazi.]

🗨💬 替換單詞 Vocabulaire（動詞變化 vouloir 請參考附錄）

- Je voudrais ＋ 物… ＝ 我想要～（禮貌口氣的要求，點餐時必用！）
  [ʒə vudrɛ]

  un café 一杯咖啡 ♂
  [œ̃ kafe]

  un thé 一杯茶 ♂
  [œ̃ te]

  un chocolat chaud 一杯熱巧克力 ♂
  [œ̃ ʃɔkɔla ʃo]

  un coca 一杯可口可樂 ♂
  [œ̃ kɔka]

  un jus de fruit 一杯果汁 ♂
  [œ̃ ʒy də fʀɥi]

  un demi 一杯生啤酒 ♂
  [œ̃ dəmi]

  une bière 一瓶啤酒 ♀
  [yn bjɛʀ]

Culture: Cafés célèbres de Paris
[kafe selɛbʀ də paʀi]

法國二三事：馳名中外的巴黎咖啡館

　　說到法國人的浪漫和人文氣息，不得不談到法國人的咖啡館，因為這些地方對法國人而言，不僅僅是消費飲料甜點的場所而已，在社交生活中扮演的角色更是不容小覷，同時也是舉世聞名的文人們喜愛光顧的地方。

　　充斥著許多獨特咖啡館的巴黎，其中五間最傳奇性的咖啡館絕對不可錯過：

✿ 花神咖啡館（Café de Flore）

　　位於巴黎聖傑曼區，最具文學氣息的咖啡館，往昔眾多偉大的知識分子都曾到此光顧，例如：安德烈‧布勒東（André Breton），尚保羅‧沙特（Jean - Paul Satre）和西蒙波娃（Simone de Beauvoir）。這咖啡館的室內裝飾以古典藝術裝飾風格聞名，紅色座位，桃花木以及鏡子，讓人重回1950年代。

　　地址：172 Boulevard St. Germain 75006 Paris

✿ 和平咖啡館（Café de la Paix）

　　臨近巴黎加尼葉歌劇院，被列入歷史古蹟的咖啡館，保留了典型奧斯曼建築的特色。知名作曲家柴可夫斯基（Tchaïkovski）和埃米爾‧左拉（Émile Zola）最愛造訪的地方，因為浪漫色彩和奢華時尚的風格，一直以來都是名人雅士喜愛光顧的咖啡館。

　　地址：5 Place de l'Opéra - 75009 Paris

✿ 雙叟咖啡館（Les Deux Magots）

　　和花神咖啡館一樣，充滿文學氣息同時也坐落於聖傑曼區。原本是販賣新奇物品商店，自西元1885年後改成咖啡館，但是卻保留著原店名：雙叟。店名來自於咖啡館內的牆上的兩尊雕像。畢卡索（Picasso）和海明威（Hemingway）都曾是店裡的常客。

　　地址：6 place Saint-Germain-des-Près 75006 Paris

🍀 黑貓咖啡館（Le Chat Noir）

　　原為夜總會的黑貓咖啡館，建於19世紀末，位於蒙馬特山腳下。因為屬於平民咖啡館而廣受歡迎，是巴黎聚集最多「不受拘束」的藝術家們的地方，同時也是許多藝文人士尋找靈感的泉源處。黑貓的名字曾被一個文學期刊引用。今日的黑貓咖啡館已經找不到往昔夜總會氣氛，只能從當時的宣傳海報中感受了。

　　地址：68 Boulevard de Clichy, 75018 Paris

🍀 波蔻咖啡館（Le Procope）

　　擁有三百年歷史的波蔻咖啡館於西元1962年被列入歷史古蹟，是法國最古老的咖啡館之一。是一個定期舉辦文學辯論，眾多重要人物進出的場所。拉封丹（La Fontaine）、雨果（Hugo）、盧梭（Rousseau）等等都曾是這個咖啡館的常客，在咖啡館裡外都可以看到許多名人的肖像。今日的波蔻咖啡館也成了知名的餐廳，內部奢華的裝飾可是足以讓人看得流連忘返呢！

　　地址：13 rue de l'Ancienne comedie 75006 Paris

Situation 02

品嚐法式甜點 Les gourmandises
[le guʀmɑ̃diz]

Bonjour, combien de personne? 您好，請問幾位？
[bɔ̃ʒuʀ, kɔ̃bjɛ̃ də pɛʀsɔn?]

On‿est trois. 我們3位。
[ɔ̃ nɛ tʀwɑ.]

Suivez-moi. 請跟我來。
[sɥive – mwa.]

Messieurs-dames, voici la carte. 先生女士，這是餐點選單。
[mɛsjø – dam, vwasi la kaʀt.]

Je vous laisse choisir, je reviens dans quelques minutes.
[ʒə vu lɛs ʃwaziʀ, ʒə ʀəvjɛ̃ dɑ̃ kɛlkə minyt.]
我讓您們先看看，我幾分鐘回來。

Très bien, merci. 好的，謝謝。
[tʀɛ bjɛ̃, mɛʀsi.]
Qu'est-ce que vous voulez prendre?
[kɛ – s kə vu vule pʀɑ̃dʀ?]
妳們想要什麼呢？

Je veux la tarte aux myrtilles qui est présentéé au comptoir.
[ʒə vø la taʀt o miʀtij ki ɛ pʀezɑ̃te o kɔ̃twaʀ.]
我要一個展示台上的藍莓派。

Je ne sais pas trop, peut-être une tarte aux fruits rouges.
[ʒə nə se pɑ tʀo, pøtɛtʀ yn taʀt o fʀɥi ʀuʒ.]
我不確定耶，或許點一個紅莓派？
Et toi,qu'est-ce qui te dit? 你想試哪一種？
[e twa, kɛ – s ki tə di?]

J'aimerais essayer le Paris-Brest. 我想試試巴黎布雷斯奶油泡芙。
[ʒɛmʀɛ eseje lə paʀi – bʀɛst.]

○ C'est pour combien de personnes? 幾位呢？
[sɛ puʀ kɔ̃bjɛ̃ də pɛʀsɔn?]

○ Qu'est-ce qui te dit?／Qu'est-ce que tu veux? 你想要什麼呢？
[kɛ – s ki tə di?]　　　[kɛ – s kə ty vø?]

💬 替換單詞 Vocabulaire（動詞變化 prendre 請參考附錄）

○ J'aimerais prendre ... ＝ 我想要點～（禮貌口氣，點餐必用！）
[ʒɛmʀe pʀɑ̃fʀ]

un mille-feuille à la vanille 香草千層派 ♂
[œ̃ mil – fœj a la vanij]

un mont-blanc 蒙布朗栗子蛋糕 ♂
[œ̃ mɔ̃ – blɑ̃]

un fondant au chocolat 熔岩巧克力 ♂
[œ̃ fɔ̃dɑ̃ o ʃɔkɔla]

un‿éclair au café 咖啡閃電泡芙 ♂
[œ̃ ne klɛʀ o kafe]

une tarte aux framboises 覆盆子塔 ♀
[yn taʀt o fʀɑ̃bwaz]

une crème brûlée 法式焦糖布蕾 ♀
[yn kʀɛm bʀyle]

une mousse au chocolat 巧克力慕斯 ♀
[yn mus o ʃɔkɔla]

une charlotte aux fraises 草莓夏洛特蛋糕 ♀
[yn ʃaʀlɔt o fʀɛz]

Culture: Les Grands Pâtissiers
[le gʀɑ̃ patisje]
法國二三事：甜點大師

　　馬卡龍（macarons）、聖奧諾雷（saint-honoré）、修女（religieuse）等等都是讓人垂涎三尺的傳統法式點心。甜點師傅需具有精湛的製作技巧和出眾的味蕾之外，還必須發揮無窮的想像力以及創新的勇氣，賦予傳統點心新面孔與新口味。其中幾位全世界聞名的明星甜點大師，傳統法式點心藉由他們畫龍點睛之手，再度掀起法式風潮，讓全世界風靡不已！

❀ 皮耶爾・艾爾梅（Pierre Hermé）

　　馬卡龍界的翹楚。體內留著三代甜點家族的血統，知名甜點師傅Lenôtred的學徒，曾為Fauchon、Ladurée當家師傅。以豐富經驗創新傳統馬卡龍口味而聞名的他，其他的甜點創作也非常令人驚豔！不愧為法國甜點界的第一把交椅！國際級的甜點大師，法國之外，在英國、中東、日本、香港均設有分店。

　　網址：http://www.pierreherme.com/

❀ 菲利普・孔笛奇尼（Philippe Conticini）

　　杯子甜點（a verrine [la vɛʀin]）的發明者，西元2003年榮獲世界甜點大賽冠軍頭銜。喜歡以傳統點心為基礎，增添個人獨特的創造，為傳統換上迷人的新衣。店名：夢幻甜點La Pâtisserie des rêves，希望以甜點喚起人們童年時代的美好回憶，在巴黎設有多家分店，不久將進駐日本。

　　網址：http://www.lapatisseriedesreves.com/

✿ 克里斯多福·米查萊克（Christophe Michalak）

榮獲西元2005年世界甜點冠軍頭銜，曾於Pierre Hermé、Ladurée和Fauchon旗下效力，以甜點最具原創性聞名。目前為Hôtel Plaza Athénée的甜點師傅，另外也有自己的甜點店Michalak Takeaway。

Michalak Takeaway

地址：60 rue du Faubourg Poissonnière, 75010 Paris

✿ 菲利普·安德荷耶（Philippe Andrieu）

波爾多地區聞名甜點大師。曾與Pierre Hermé共事，多年為Laurée的首席甜點師傅。口味特殊的馬卡龍是他的招牌，創新的糕點也是他的強項，但他堅持只提供單人品嚐的甜點，只有在波爾多地區才找得到他的店喔！

Douceurs de Louise

地址：17 Cours du Maréchal Leclerc 33850 Léognan, France

　　　10 Place des Grands Hommes, 33000 Bordeaux, France

除了這幾位舉世聞名的甜點師傅外，其他知名的師傅不是效力於五星級飯店、頂級餐廳，就是在高級甜點茶館（例如：Ladurée）。想要品嚐經典的法式甜點，同時享受法式午茶的氣氛，找一間茶館（Salon de thé）慢慢的享受是最佳的選擇。

▶ 小麥甜薄餅是 Crêperie（薄餅餐廳）的主要甜點，以小麥製成的麵皮加上甜甜的內餡就成了世界知名的法式薄餅。照片中的法式薄餅是布列塔尼鹹焦糖口味。

◀ 布列塔尼特產的黑麥鹹薄餅是 Crêperie（薄餅餐廳）的主菜，以黑麥薄餅為主食材搭配不同的內餡。照片中的是普羅旺斯口味的鹹薄餅。

▶ 餐廳的甜點中，通常有一道綜合甜點（café gourmand），其實是一杯咖啡配上多樣迷你版甜點的組合。讓想嚐嚐多種甜點，但是又不想吃得太撐的人，有別種的選擇。

單元四：Restaurant 餐廳

Situation 01 訂位 Réservation
[ʀezeʀvasjɔ̃]

Aux Trois‿Amis, bonjour ! 三兄弟，您好。
[o tʀwɑ zami, bɔ̃ʒuʀ!]

Allô, bonjour. Je voudrais réserver une table pour demain soir.
[alo, bɔ̃ʒuʀ. ʒə vudʀe ʀezeʀve yn tabl puʀ dəmɛ̃ swaʀ.]
喂，您好。我想要為明天晚上訂位。

Oui, monsieur, à quelle‿heure? 好的，先生，請問訂幾點鐘？
[wi, məsjø, a ke lœʀ?]

Huit‿heures et demie. 8點半。
[ɥi tœʀ e dəmi.]

Pour combien de personnes? 訂幾個人的位子呢？
[puʀ kɔ̃bjɛ̃ də peʀsɔn?]

Pour Quatre personnes. 4個人。
[puʀ katʀ peʀsɔn.]

C'est‿à quel nom? 訂位人貴姓？
[se ta kel nɔ̃?]

Dupont, D.U.P.O.N.T. 杜邦。
[dypɔ̃, de. y. pe. o. ɛn. te.]

Bien, c'est noté. À demain monsieur.
[bjɛ̃, se nɔte. a dəmɛ̃ məsjø.]
好的，記下了。明天見了，先生。

Au revoir. 再見。
[o ʀəvwaʀ.]

○ J'aimerais réserver une table pour demain soir. 我想訂明天晚上的位子。
[ʒemʀe ʀezeʀve yn tabl puʀ dəmɛ̃ swaʀ.]

○ C'est pour quand? 訂什麼時候呢？
[se puʀ kɑ̃?]

○ C'est pour combien de personnes? 訂幾個人的位子呢？
[se puʀ kɔ̃bjɛ̃ də peʀsɔn?]

●● 替換單詞 Vocabulaire

○ À + 時間 = 什麼時候見

À tout à l'heure. 待會見。 [a tu ta lœʀ.]	À Lundi. 星期一見。 [a lœ̃di.]
À plus tard. 稍晚見。 [a ply taʀ.]	À Mardi. 星期二見。 [a maʀdi.]
À ce soir. 今晚見。 [a sə swaʀ.]	À Mercredi. 星期三見。 [a meʀkʀədi.]
À demain. 明天見。 [a dəmɛ̃.]	À Jeudi. 星期四見。 [a ʒødi.]
À la prochaine fois. 下次見。 [a la pʀɔʃen fwa.]	À Vendredi. 星期五見。 [a vɑ̃dʀədi.]
À la prochaine. 下次見。 [a la pʀɔʃen.]	À Samedi. 星期六見。 [a samdi.]
À bientôt. 早日相見。 [a bjɛ̃to.]	À Dimanche. 星期天見。 [a dimɑ̃ʃ.]

Situation 02 點餐1 Commander 1
[kɔmɑ̃de]

Messieurs dames, vous‿avez choisi? 先生小姐，您們選好了嗎？
[məsjø dam, vu zave ʃwazi?]

Oui, Je prendrai une terrine campagnarde comme entrée.
[wi, ʒə pRɑ̃dRe yn teRin kɑ̃paɲaRd kɔm ɑ̃tRe.]
是的，我想要一個鄉村肉凍當前菜。

Pour moi, ça sera une salade niçoise.
[puR mwa, sa səRa yn salad niswaz.]
我的話，是一份尼斯沙拉。

Très bien. Et en plat principal? 好的，那主菜呢？
[tRe bjɛ̃. e ɑ̃ pla pRɛ̃sipal?]

Pour moi, un steak-frites, s'il vous plaît.
[puR mwa, œ̃ stɛk - fRit, sil vu plɛ.]
我點一份牛排薯條，麻煩您。

Quelle cuisson pour la viande? 肉要幾分熟呢？
[kɛl kɥisɔ̃ puR la vjɑ̃d?]

Bien cuite. 全熟。
[bjɛ̃ kɥit.]

Moi, je voudrais un pavé de saumon avec des légumes.
[mwa, ʒə vudRe œ̃ pave də somɔ̃ avek de legym.]
我啊，我想要點一份煎鮭魚排配蔬菜。

Et comme boisson? 飲料呢？
[e kɔm bwasɔ̃?]

Une petite bouteille de vin rouge et une carafe d'eau, s'il vous plait.
[yn pətit butɛj də vɛ̃ Ruʒ e yn kaRaf do, sil vu plɛ.]
一瓶小紅酒和一瓶自來水，麻煩您。

○ Je vais prendre une terrine campagnarde. 我想要一個鄉村肉凍。
[ʒə ve pʀɑ̃dʀ yn tɛʀin kɑ̃paɲaʀd.]

○ En plat principal.／Comme plat principal. 當主菜。
[ɑ̃ pla pʀɛ̃sipal.]　　[kɔm pla pʀɛ̃sipal.]

🗨️💬 替換單詞 Vocabulaire（動詞變化 prendre 請參考附錄）

○ La cuisson pour la viande. 肉的熟度：
[la kɥisɔ̃ puʀ la vjɑ̃d.]

bien cuite 全熟／à point 五分熟／saignante 三分熟
[bjɛ̃ kɥit]　　　[a pwɛ̃]　　　[sɛɲɑ̃t]

○ Comme ... je prendrai ... ＝ 我以～當～

apéritif 餐前酒
[apeʀitif]

entrée 前菜
[ɑ̃tʀe]

plat principal 主菜
[pla pʀɛ̃sipal]

boisson 飲料
[bwasɔ̃]

dessert 甜點
[desɛʀ]

digestif 餐後酒
[diʒɛstif]

Culture: Spécialités régionales
[spesjalite ʀeʒɔnal]

法國二三事：各地特產

　　美食天堂的法國，如果撇開眾所皆知的乳酪（fromage）、酒（vin）、鵝肝醬（foie gras）和松露（truffe）不談，27個省（法國本土的22個省和海外的5個省）每個省都擁有獨具特色的料理、甜點以及特產，然而，人們閒話家常時，習慣將法國分成6大區：

區域	地方特產	特色料理	特色甜點
l'Alsace [lalsace] 阿爾薩斯	le Munster [lə mœ̃steʀ] 芒斯特乳酪	la choucroute [la ʃukʀut] 酸菜醃肉香腸	le kouglof [lə kuglɔf] 奶油圓蛋糕
la Bourgogne [la buʀgɔɲ] 勃艮第	la moutarde de Dijon [la mutaʀd də diʒɔ̃] 第戎芥末醬	les escargots à la bourguignonne [lez– eskaʀgo a la buʀginɔn] 勃艮第蝸牛 le bœuf bourguignon [lə bœf buʀgiɲɔ̃] 勃艮第牛肉	les dragées d'anis de Flavigny [le dʀaʒe dani də flaviɲi] 弗拉維尼茴芹糖果
la Provence [la pʀɔvɑ̃s] 普羅旺斯	l'huile d'olive [lɥil dɔliv] 橄欖油 l'ail [laj] 大蒜	la bouillabaisse [la bujabɛs] 馬賽魚湯 l'aïoli [lajɔli] 蒜泥蛋黃醬 la ratatouille niçoise [la ʀatatuj niswaz] 尼斯雜菜燴	les calissons d'Aix [le kalisɔ̃ dɛks] 艾克斯杏仁甜餅

區域	地方特產	特色料理	特色甜點
le Sud-Ouest [lə sydwɛst] 西南部	**les cèpes** [le sɛp] 蘑菇 **le foie gras** [lə fwa ɡʀɑ] 鵝肝醬	**le confit d'oie** [lə kɔ̃fi dwa] 油封鵝肉 **le confit de canard** [lə kɔ̃fi də kanaʀ] 油封鴨肉	**les cannelés** [le kanle] 可麗露
la Bretagne [la brətaɲ] 布列塔尼	**les poissons** [le pwasɔ̃] 魚類 **les crustacés** [le kʀystase] 蝦蟹類	**les moules à la marinière** [le mul a la maʀinjɛʀ] 洋蔥白酒醬淡菜 **les galettes** [le galet] 黑麥鹹薄餅	**le far breton** [lə faʀ bʀətɔ̃] 布列塔尼甜糕 **le kouign-amann** [lə kwiɲaman] 奶油烘餅 **les crêpes** [le kʀɛp] 法式甜薄餅
la Normandie [la nɔrmɑ̃di] 諾曼第	**la crème** [la kʀɛm] 奶油類 **le cidre** [lə sidʀ] 西打蘋果酒 **le calvados** [lə kalvados] 蘋果白蘭地	**l'escalope à la normande** [lɛskalɔp a la nɔʀmɑ̃d] 諾曼第奶油醬肉排 **les moules à la crème** [le mul a la kʀɛm] 奶油醬淡菜 **les tripes à la mode de Caen** [le tʀip a la mɔd də kɑ̃] 康城式燴內臟	**la tarte normande** [la taʀt nɔʀmɑ̃d] 諾曼第塔

點餐2 Commander 2
[kɔmãde]

Ça vous‿a plu? 一切都令您們滿意嗎？
[sa vu za ply?]

Oui, merci, c'était délicieux.
[wi, mɛrsi, setɛ delisjø.]
是的，謝謝，餐點很美味！

Vous prendrez un dessert? 您們要點甜點嗎？
[vu prãdre œ̃ desɛr?]

Oui, moi, je vais prendre une glace.
[wi, mwa, ʒə vɛ prãdr yn glas.]
是的，我要點一份冰淇淋。
Vous‿avez quels parfums? 您們有什麼口味呢？
[vu zave kɛl parfœ̃?]

Pour les glaces, nous‿avons café, chocolat, vanille...
[pur le glas, nu zavõ kafe, ʃɔkɔla, vanij...]
冰淇淋的話，我們有咖啡、巧克力、香草口味……
et pour les sorbets, citron, poire, fruit de la passion...
[e pur le sɔrbɛ, sitrõ, pwar, frɥi də la pasjõ...]
冰沙的話，我們有檸檬、梨子、百香果口味……

Alors, pour moi, une glace au chocolat.
[alɔr, pur mwa, yn glas o ʃɔkɔla.]
那我要一份巧克力冰淇淋。

Et pour vous Monsieur? 先生，您呢？
[e pur vu məsjø?]

Je vais prendre une tartelette au citron, s'il vous plaît.
[ʒə vɛ prãdr yn tartəlet o sitrõ, sil vu plɛ.]
我要點一份檸檬塔，麻煩您。

Alors, une glace au chocolat et une tartelette au citron, D'accord!
[alɔr, yn glas o ʃɔkɔla e yn tartəlet o sitrõ, dakɔr!]
一份巧克力冰淇淋和一份檸檬塔，好的！

- Ça s'est bien passé? 一切都還好嗎？
  [sa sɛ bjɛ̃ pɑse?]

- Prendrez-vous un dessert? 您想要點甜點嗎？
  [pʀɑ̃dʀe – vu œ̃ desɛʀ?]

- Qu'est-ce que vous‿avez comme parfums? 您們有什麼口味呢？
  [kɛ – s kə vu zave kɔm paʀfœ̃?]

替換單詞 Vocabulaire（動詞變化 prendre、vouloir 請參考附錄）

- Prendrez-vous un dessert? = 您想要點甜點嗎？
  [pʀɑ̃dʀe – vu œ̃ desɛʀ?]

有幾種意思相同的說法：

倒裝句

- Souhaitez-vous un dessert?
  [swɛte – vu œ̃ desɛʀ?]

- Désirez-vous un dessert?
  [deziʀe – vu œ̃ desɛʀ?]

- Voulez-vous un dessert?
  [vule – vu œ̃ desɛʀ?]

Est-ce que 問句

- Est-ce que vous souhaitez prendre un dessert?
  [ɛ – s kə vu swɛte pʀɑ̃dʀ œ̃ desɛʀ?]

- Est-ce que vous désirez un dessert?
  [ɛ – s kə vu deziʀe œ̃ desɛʀ?]

- Est-ce que vous voulez un dessert?
  [ɛ – s kə vu vule œ̃ desɛʀ?]

Situation 04 付帳 Payer
[peje]

Vous voulez un café, des digestifs...? 您們需要咖啡或餐後酒嗎？
[vu vule œ̃ kafe, de diʒɛstif?]

Euh... deux cafés et l'addition, s'il vous plaît.
[ø... dø kafe e ladisjɔ̃, sil vu plɛ.]
嗯……兩杯咖啡和帳單，麻煩您。

Ça fait combien? 總共多少呢？
[sa fɛ kɔ̃bjɛ̃?]

Ah non, c'est pour moi. Je t'invite!
[a nɔ̃, sɛ puʀ mwa. ʒə tɛ̃vit!]
不要看，這是給我的，我請你！

C'est très gentil, merci! 真好，謝謝你！
[sɛ tʀɛ ʒɑ̃ti, mɛʀsi!]

Je t'en prie. 妳不用客氣。
[ʒə tɑ̃ pʀi.]
Vous prenez la carte de crédit? 您們收信用卡嗎？
[vu pʀəne la kaʀt də kʀedi?]

Bien sûr, Monsieur. 當然有的，先生。
[bjɛ̃ syʀ, məsjø.]
Je vous fais un reçu? 您需要收據嗎？
[ʒə vu fɛ œ̃ ʀəsy?]

Oui, s'il vous plaît. 要的，麻煩您。
[wi, sil vu plɛ.]

也可以這麼說 Expressions Utiles

○ Voulez-vous un café, des digestifs? 您們需要咖啡或是餐後酒嗎？
[vule – vu œ̃ kafe, de diʒɛstif?]

○ Je vous dois combien?／Combien je vous dois? 我應該付您多少？
[ʒə vu dwa kɔ̃bjɛ̃?]　　[kɔ̃bjɛ̃ ʒə vu dwa?]

○ Je te dois combien?／Combien je te dois? 我應該付你多少？
[ʒə tə dwa kɔ̃bjɛ̃?]　　[kɔ̃bjɛ̃ ʒə tə dwa?]

○ Je peux payer par carte de crédit? 我可以用信用卡付款嗎？
[ʒə pø peje paʀ kaʀt də kʀedi?]

○ Vous‿avez besoin d'un reçu? 您需要收據嗎？
[vu zave bəzwɛ̃ dœ̃ ʀəsy?]

替換單詞 Vocabulaire（動詞變化 prendre、pouvoir 請參考附錄）

○ Vous prenez ... ＝ 您們收～嗎？
[vu pʀənez]

　　　　la carte de crédit? 信用卡／la carte bancaire? 金融卡
　　　　[la kaʀt də kʀedi?]　　　[la kaʀt bɑ̃kɛʀ?]

　　　　les chèques? 支票
　　　　[le ʃɛk?]

○ Je peux payer ... ＝ 我可以～付款嗎？
[ʒə pø peje]

　　　　par carte de crédit? 用信用卡／par carte bleue? 用金融卡
　　　　[paʀ kaʀt də kʀedi?]　　　[paʀ kaʀt blø ?]

　　　　par chèque? 用支票／en‿espèces? 用現金
　　　　[paʀ ʃɛk?]　　　[ɑ̃ nɛspɛs?]

Culture: Combien de pourboire?
[kɔ̃bjɛ̃ də puʁbwaʁ]
法國二三事：小費，給不給？怎麼給？

Pourboire [puʁbwaʁ]是法文「小費」的意思，以給予一點金錢感謝提供服務的人。根據專家，小費起源自中古時代的法國，滿意服務的貴族們給予侍者們一些報償，讓他們可以去喝一杯，也就是為什麼小費的法文是兩個法文單字的綜合：pourboire。其中pour是指「為了」，而boire是指「喝一杯」。

小費在法國是一個古老的傳統，因此在大部分餐廳或咖啡館的菜單和帳單上，會註明service compris或是service inclus的字樣，就是「包括服務費」，通常佔消費總額的15%左右，這個情況下，在結帳的時候就不用特地給小費；但是如果您對服務非常滿意，多給小費當然是很歡迎的，如果要另外給小費，在餐廳給小費最好在1€以上（一般介在帳單總額5%～10%），在咖啡館或酒吧最少可以給大約0.50€。

但是，如果您光顧的餐廳或咖啡館（少之又少），菜單上註明service non compris或service non inclus意指「未包括服務費」，結帳時最好再給予大約15%結帳金額的小費。

飯店方面，如果您請行李員幫忙，一個行李的小費大約0,50€，如果很重最好給至少1€。飯店房間的清掃人員的小費大約1.50€／天，房間服務人員大約0.75€～1€。至於櫃檯服務人員的小費，依據飯店星等決定，4星或5星級飯店的櫃台服務人員，小費大於介在8€～15€。

搭計程車，基本上是不用給小費，但是如果服務很好，例如：下車幫您開門，您也是可以給約消費額10%的小費；如果司機幫忙搬行李，可以給一個行李0.50€或1€的小費。

支付導遊人員，給2€～3€的小費是正常的，或是給予約消費總額15%的小費。

　　光顧髮廊或是美容店，多虧了理髮師或美容師，讓您容光煥發，因此服務結束後可以給點小費犒賞他們的努力，小費從1€～10€都算合理，如果是知名的髮廊或是設計師，小費理所當然就要給多一點。

　　給小費時，不要把所有零錢都掏出來或是以湊錢的方式留下一堆零錢，非常沒禮貌！尤其在高級地區，小費盡量給鈔票，比較體面。

　　另外，如果你希望犒賞服務者時，付款時多給比消費額多的金額，然後跟服務者說：Gardez la monnaie！[gaʀde la mɔnɛ]，意指留著零錢，也就是要給他們當小費的意思！

▶ 每年聖誕節前夕就會出現的聖誕市
集木屋。木屋上飄著的旗子代表著
販售的產品是旗子地區的特產。

◀ 安錫（Annecy）的傳統市場裡什麼
都賣，照片中是販賣法國各地牛軋
糖的小販。一塊塊像乳酪般的牛軋
糖，有不同口味，也像乳酪一樣切
著賣，只是切牛軋糖要使出全身吃
奶的力氣！

▶ 雷恩（Renne）的傳統市場中除了可
以找到新鮮的食材，還可能遇到銷售
特殊蔬果外形和尺寸的有趣農夫。

單元五：Achats 購物

Situation 01 提款 Retirer de l'argent

[ʀətiʀe də laʀʒɑ̃]

Il faut que je retire de l'argent.　我需要去領錢。
[il fo kə ʒə ʀətiʀ də laʀʒɑ̃.]

Pour quoi faire?　做什麼用呢？
[puʀ kwa fɛʀ?]

C'est pour payer mon professeur de chinois ce soir.
[sɛ puʀ peje mɔ̃ pʀɔfesœʀ də ʃinwa sə swaʀ.]
為了今晚付錢給我的中文老師。

Ah bon! C'est combien de l'heure?
[a bɔ̃! sɛ kɔ̃bjɛ̃ də lœʀ?]
是喔！每小時怎麼算？

Trente euros.　30歐元。
[tʀɑ̃t œʀo.]

Oh là là, c'est cher!　哎呀呀！好貴啊！
[o la la, sɛ ʃɛʀ!]

Oui, c'est pour ça que je prends seulement un cours par semaine.
[wi, sɛ puʀ sa kə ʒə pʀɑ̃ sœlmɑ̃ œ̃ kuʀ paʀ səmɛn.]
對啊，因為這樣我才會一個禮拜只上一次課。
Tu sais où il‿y‿a les distributeurs de billets dans le coin?
[ty se u i li ja le distʀibytœʀ də bijɛ dɑ̃ lə kwɛ̃?]
妳知道這附近哪裡有提款機嗎？

Je sais qu'il‿y‿a une banque pas loin d'ici.
[ʒə se ki li ja yn bɑ̃k pa lwɛ̃ disi.]
我知道附近不遠有一家銀行。
C'est sûr qu'on peut en trouver un là-bas.
[sɛ syʀ kɔ̃ pø ɑ̃ tʀuve œ̃ laba.]
那裡一定有提款機。

On‿y va!　我們走吧！
[ɔ̃ ni va!]

也可以這麼說 Expressions Utiles

○ Je dois retirer de l'argent. 我必須去領錢。
[ʒə dwa ʀətiʀe də laʀʒɑ̃.]

○ Mon dieu, ça coûte une fortune! 天啊，好貴喔！
[mɔ̃ djø, sa kut yn fɔʀtyn!]

○ On‿y va!／Allons-y! 我們走吧！
[ɔ̃ ni va!]   [alɔ̃ zi!]

替換單詞 Vocabulaire（動詞變化請參考附錄）

○ Il‿y‿a ＋ 名詞 ＝ （那裡）有某物
[i li ja]

　　　un distributeur de billets. 一台提款機
　　　[œ̃ distʀibytœʀ də bijɛ.]

　　　une banque. 一間銀行
　　　[yn bɑ̃k.]

　　　un bureau de change. 一間貨幣兌換處
　　　[œ̃ byʀo də ʃɑ̃ʒ.]

○ C'est ＋ 形容詞 ＝ （這）很～
[sɛ]

　　　cher 昂貴／pas cher 不貴
　　　[ʃɛʀ]　　　[pa ʃɛʀ]

　　　génial 棒／horrible 糟
　　　[ʒenjal]　　[ɔʀibl]

　　　joli 美麗／moche 醜陋
　　　[ʒɔli]　　　[mɔʃ]

　　　loin 遠／près 近
　　　[lwɛ̃]　　[pʀɛ]

077

Situation 02 逛街 Faire les boutiques
[fɛʀ le butik]

Youpi! C'est les soldes! 耶！折扣季了！
[jupi! sɛ le sɔld!]

Oui, il faut qu'on‿en profite. 對啊，我們要好好把握。
[wi, il fo kɔ̃ nã pʀɔfit.]

Qu'est-ce que tu vas acheter? 妳要買什麼？
[kɛ – s kə ty va aʃte?]

Je voudrais un manteau et des bottes... et toi?
[ʒə vudʀɛ œ̃ mãto e de bɔt... e twa?]
我想要一件大衣和一雙靴子，妳呢？

Moi, je voudrais un joli pull et une robe.
[mwa, ʒə vudʀɛ œ̃ ʒɔli pul e yn ʀɔb.]
我啊，我想要一件漂亮的毛衣和一件洋裝。

Regarde, vingt euros le pull, c'est pas cher...
[ʀəgaʀd, vɛ̃ œʀo lə pyl, sɛ pa ʃeʀ...]
妳看，毛衣20歐元，不貴耶……

Oui, il‿est joli et pas cher! 對啊，美又不貴！
[wi, i lɛ ʒɔli e pa ʃeʀ!]

Moi, j'aime bien le manteau rouge.
[mwa, ʒɛm bjɛ̃ lə mãto ʀuʒ]
我很喜歡那件紅色大衣。
Il coûte cent trente euros, ça va!
[il kut sã tʀãt œʀo, sa va!]
那件大衣130歐元，還可以。
Pas aussi cher que ce que je pensais.
[pa osi ʃeʀ kə sə kə ʒə pãsɛ!]
沒有我想像中的貴。

Vive les soldes ! 打折季萬歲！
[viv le sɔld!]

🗨 也可以這麼說 Expressions Utiles

○ On doit en profiter. 我們應該要好好把握。
[ɔ̃ dwa ã pʀɔfite.]

○ Le manteau rouge me plaît. 那件紅色大衣討我喜歡。（我喜歡那件紅色大衣）
[lə mãto ʀuʒ mə plɛ.]

○ Ça coûte moins cher que ce que je pensais. 沒有我想像中的貴。
[sa kut mwɛ̃ ʃɛʀ kə sə kə ʒə pãsɛ.]

🗨 替換單詞 Vocabulaire

○ 物品 + 顏色 = 某色的物品

例句：Je voudrais ... 我想要～
[ʒə vudʀɛ]

♂ 陽性物品	♀ 陰性物品
un manteau rouge [œ̃ mãto ʀuʒ] 一件紅色大衣	**une veste rouge** [yn vɛst ʀuʒ] 一件紅色外套
un pull blanc [œ̃ pyl blã] 一件白色毛衣	**une chemise blanche** [yn ʃəmiz blãʃ] 一件白色襯衫
un pantalon bleu [œ̃ pãtalɔ̃ blø] 一件藍色長褲	**une jupe bleue** [yn ʒyp blø] 一件藍色裙子
un foulard vert [œ̃ fulaʀ vɛʀ] 一條綠色絲巾	**une écharpe verte** [yn eʃaʀp vɛʀt] 一條綠色圍巾
un collant jaune [œ̃ kɔlã ʒon] 一雙黃色褲襪	**des chaussettes jaunes** [de ʃosɛt ʒon] 一雙黃色襪子
un slip gris [œ̃ slip gʀi] 一件灰色男內褲	**une culotte grise** [yn kylɔt gʀiz] 一件灰色女內褲

Situation 03 試穿 Essayer des vêtements

[eseje de vɛtmɑ̃]

Bonjour, je pourrais voir le manteau rouge qui est en vitrine?
[bɔ̃ʒuʀ, ʒə puʀɛ vwaʀ lə mɑ̃to ʀuʒ ki ɛ tɑ̃ vitʀin?]
您好，我可以看看在櫥窗裡的那件紅色大衣嗎？

Oui, mademoiselle. Quelle taille faites-vous?
[wi, madmwazɛl. kɛl taj fɛt – vu?]
好的，小姐。您的衣服尺寸是幾號？

Du trente-six.　36號。
[dy tʀɑ̃tsis.]

Je vais vous chercher ce modèle.
[ʒə ve vu ʃɛʀʃe sə mɔdɛl.]
我去幫妳找這個款式。

（⋯⋯幾分鐘過後）

Voilà!　衣服來了！
[vwala!]

Je peux l'essayer?　我可以試穿嗎？
[ʒə pø leseje?]

Bien sûr. Les cabines sont au fond du magasin, à droite.
[bjɛ̃ syʀ. le kabin sɔ̃ o fɔ̃ dy magazɛ̃, a dʀwat.]
當然可以。試衣間在店內走到底右轉。

Ça te va très bien!　妳穿起來很好看！
[sa tə va tʀe bjɛ̃!]

Je trouve aussi! Je vais le prendre.
[ʒə tʀuv osi! ʒə ve lə pʀɑ̃dʀ.]
我也這麼覺得！我買了。

D'accord. Je vous le garde en caisse,　好的，我幫您留在櫃檯，
[dakɔʀ. ʒə vu lə gaʀd ɑ̃ kɛs,]
vous pouvez continuer à regarder d'autres articles.
[vu puve kɔ̃tinɥe a ʀəgaʀde dotʀ zaʀtikl.]
您可以繼續看其他的商品。

- Je fais du trente-six. 我穿36號
  [ʒə fɛ dy tʀɑ̃tsis.]

- Bien sur !／Évidemment!／Mais oui! 當然可以！
  [bjɛ̃ syʀ]　[evidamɑ̃]　　[mɛ wi]

💬 替換單詞 Vocabulaire（動詞變化請參考附錄）

- 數字 ＋ 貨幣單位 ＝ 多少錢
  例句：Un‿euro = 1 €（歐元）

1 un [œ̃]	2 deux [dø]	3 trois [tʀwa]	4 quatre [katʀ]	5 cinq [sɛ̃k]
6 six [si]	7 sept [sɛt]	8 huit [ɥit]	9 neuf [nœf]	10 dix [dis]
11 onze [ɔ̃z]	12 douze [duz]	13 treize [tʀɛz]	14 quatorze [katɔrz]	15 quinze [kɛ̃z]
16 seize [sɛz]	17 dix sept [di sɛt]	18 dix‿huit [di zɥit]	19 dix neuf [dis nœf]	20 vingt [vɛ̃]
30 trente [tʀɑ̃t]	40 quarante [kaʀɑ̃t]	50 cinquante [sɛ̃kɑ̃t]	60 soixante [swasɑ̃t]	70 soixante-dix [swasɑ̃tdis]
80 quatre-vingts [katʀəvɛ̃]	90 quatre-vingt-dix [katʀəvɛ̃dis]	100 cent [sɑ̃]	1000 mille [mil]	0 zéro [zeʀo]

- 21～99是以20、30、40、50、60為基礎進行加法，例如：33=trente-trois；但是，如果遇到1要用et-un，例如：21＝vingt-et-un。

- 需要注意的數字：71=60+11=soixante-et-onze；81=quatre-vingt-un；91=quatre-vingt-onze

Culture: Grandes Marques Françaises

[gʀãd maʀk fʀãsez]

法國二三事：法國名牌小常識

香奈兒（Chanel）、路易・威登（Louis Vuitton）、迪奧（Dior）、卡地亞（Cartier）以及愛馬仕（Hermès），引領全球時尚潮流，讓許多時尚崇拜者趨之若鶩的法國精品，魅力究竟在哪裡呢？

屬於法國歷史文化資產之一的奢華精品概念，起源於十七世紀，在太陽王路易十四的需求下，第一個高級織品加工廠誕生，開始了奢華精品文化的發展。這種高級加工廠網羅了當代最頂尖的工匠，生產為貴族皇室所需頂級而且獨一無二的產品，精品加工廠的文化不斷延續下來，成了近代的精品工作坊。

到了十九世紀，工業革命出現讓交通變得更便利，巴黎來往旅客眾多，傑出的工匠們紛紛在巴黎設立工作坊，例如：泰瑞・愛馬仕（Thierry Hermès）、路易・威登（Louis Vuitton）、路易・卡地亞（Louis-François Cartier）。二十世紀時，可可・香奈兒（Coco Chanel）、珍妮・浪凡（Jeanne Lanvin）和克里斯汀・迪奧（Christian Dior），幾位時裝設計師也選擇在首都落腳，巴黎因此獲得「時尚之都」的美譽。

從精品的小小歷史中，不難察覺精品的幾個特點：品牌悠久、法國製造、頂級工匠、尊貴象徵、量身打造的獨特性。不同於企業化大量生產的策略，法國名牌精品重質不重量，產品限量甚至唯一，在品牌的品質要求下，推出獨特創新的產品，精品價格也因此往往讓人望之卻步。二十一世紀以來，全球化的腳步加快，一致性越來越明顯的情況下，人們開始尋求彰顯自己的特殊性，法國精品正好滿足了這類需求，即使全球經濟低靡的情況下，法國奢華精品行業反而在海外擁有穩定成長的非凡表現。

對於不了解精品文化的人，法國精品名牌就是等於高級品質和永恆價值，因為這一層因素，法國精品的需求也大幅增加，然而，對於堅持理念的法國精品老店，即便如此，也不會因此增加產品數量，因為身為精品，就要秉持精品的原則：物以稀為貴！

曾經造訪過法國或是歐洲國家的人，可能會很驚訝為什麼在法國或歐洲的街道上很少看得到身上頂著名牌logo的人？因為精品文化是歐洲的歷史文化之一，對他們而言，所謂的精品是品質好的產品，幾個世代的經驗傳承下，他們不需要名牌來告訴他們哪些是好東西。另外，精品文化在歐洲已經演進到越低調越高檔的階段了（品牌logo不會很快地就被發現）！

Situation 04 超市購物 Au supermarché
[o sypɛʀmaʀʃe]

Bon, qu'est-ce qu'il‿y‿a sur la liste?　採購單上列了那些東西？
[bɔ̃, kɛ – s ki li ja syʀ la list?]

Moi, je prends les fruits et les légumes.
[mwa, ʒə pʀɑ̃ le fʀɥi e le legym.]
我負責拿水果和蔬菜。

Moi, je prends les yaourts. Où est le rayon?
[mwa, ʒə pʀɑ̃ lez jauʀt. u ɛ lə ʀɛjɔ̃?]
那我去拿優格。在哪一區啊？

Je ne sais pas.　我不知道。
[ʒə nə se pɑ.]
Pardon madame, où est le rayon crèmerie, s'il vous plaît?
[paʀdɔ̃ madam, u ɛ l ə ʀɛjɔ̃ kʀɛmʀi, sil vu plɛ?]
女士，不好意思，請問奶製品區在哪裡？

Devant vous, après le rayon charcuterie.
[dəvɑ̃ vu, apʀɛ lə ʀɛjɔ̃ ʃaʀkytʀi]
在前面，就在肉製品區後面。

Merci.　謝謝。
[mɛʀsi.]
Je te rejoins tout‿à l'heure.　我等一會兒去找你會合。
[mɛʀsi ʒə tə ʀəʒwɛ̃ tu ta lœʀ.]

（……幾分鐘過後）

ça y‿est?　好了嗎？
[sa jɛ?]

oui, je pèse ça et j'arrive.　好了，我過磅後，馬上來。
[wi, ʒə pɛz sa e ʒaʀiv.]

il‿y‿a du monde, je vais faire la queue à la caisse d'abord.
[i li ja dy mɔ̃d, ʒə vɛ fɛʀ la kø a la kɛs dabɔʀ.]
好多人喔，我先去櫃檯排隊。

🗨️ 也可以這麼說 Expressions Utiles

○ Pardon madame.／Excusez-moi madame. 女士，不好意思。
[paʁdɔ̃ madam.]　[ɛkskyze – mwa madam.]

○ Où se trouve le rayon crèmerie? 奶製品區在哪裡？
[u sə tʁuv lə ʁɛjɔ̃ kʁɛmʁi?]

○ Il‿y‿a beaucoup de monde. 好多人喔。
[i li ja boku də mɔ̃d.]

🗨️ 替換單詞 Vocabulaire（動詞變化 être 請參考附錄）

○ 🍎 est＋位置＋🍐 ＝🍎在🍐的某某方向

🍎：la pomme [la pɔm] 那顆蘋果

🍐：la poire [la pwaʁ] 那顆梨子

例句：La pomme est à gauche de la poire.
[la pɔm ɛ a goʃ də la pwaʁ.]
（那顆）蘋果在（那顆）梨子的左邊。

La pomme est derrière la poire.
[la pɔm ɛ deʁjeʁ la pwaʁ.]
（那顆）蘋果在（那顆）梨子的後面。

🍎 🍐	🍐 **est à droite de** 🍎 [ɛ a dʁwat də]	🍐 在 🍎 的右邊
	🍎 **est à gauche de** 🍐 [ɛ a goʃ də]	🍎 在 🍐 的左邊
	🍎 **est à côté de** 🍐 [ɛ a kote də]	🍎 在 🍐 的旁邊
🍎	🍐 **est devant** 🍎 [ɛ dəvɑ̃]	🍐 在 🍎 的前面
🍐	🍎 **est derrière** 🍐 [ɛ deʁjeʁ]	🍎 在 🍐 的後面

Situation 05 市場買菜 Au marché
[o marʃe]

Bonjour! Qu'est-ce que je vous sers?　您好！您需要什麼呢？
[bɔ̃ʒuʀ! k ∈ - s kə ʒə vu sɛʀ?]

Je voudrais cinq cents grammes de haricots verts.
[ʒə vudʀɛ sɛ̃k sɑ̃ gʀam də aʀiko vɛʀ.]
我想要500公克的綠長豆。
Vous n'avez plus de courgettes?　您沒有櫛瓜了嗎？
[vu nave ply də kuʀʒɛt?]

Ah, non! Vous‿arrivez trop tard.　啊，沒有了！您太晚來了。
[a, nɔ̃! vu zaʀive tʀo taʀ.]
Et avec ceci?　還要什麼其他的嗎？
[e avɛk səsi?]

Je voudrais aussi des carottes. Elles sont à combien?
[ʒə vudʀɛ osi de kaʀɔt.]　[ɛl sɔ̃ a kɔ̃bjɛ̃?]
我還想要一些紅蘿蔔。怎麼算？

Aujourd'hui, elles ne sont pas chères, un‿euro le kilo.
[auʒourdɥi, ɛl nə sɔ̃ pa ʃɛʀ, œ̃ nœʀo lə kilo.]
今天，紅蘿蔔不貴，每公斤1歐元。

D'accord, je vais en prendre un kilo.
[dakɔʀ, ʒə ve ɑ̃ pʀɑ̃dʀ œ̃ kilo.]
好的，我拿1公斤。

Ce sera tout?　就這些嗎？
[sə səʀa tu?]

Oui, combien je vous dois?　是的，多少錢？
[wi, kɔ̃bjɛ̃ ʒə vu dwa?]

Ça vous fait huit‿euros trente, s'il vous plaît.
[sa vu fe ɥi tœʀo tʀɑ̃t, sil vu plɛ.]
共8.30歐元，麻煩您。

🗨️ 也可以這麼說 Expressions Utiles

○ Qu'est-ce qu'il vous faut? 您需要什麼呢？
[k ɛ – s kil vu fo?]

○ Désirez-vous autre chose? 您還要其他的東西嗎？
[deziʀe – vu otʀ ʃoz?]

○ Est-ce que vous‿avez encore des courgettes? 您還有櫛瓜嗎？
[ɛ – s kə vu zave ãkɔʀ de kuʀʒɛt?]

🗨️ 替換單詞 Vocabulaire（動詞變化請參考附錄）

○ Je voudrais prendre + 數量單位 + 物品 = 我想要某單位的某物

例句：Je voudrais prendre un kilo de carottes.
[ʒə vudʀe pʀãdʀ œ̃ kilo də kaʀɔt.]
我想買一公斤的紅蘿蔔。

un kilo de carottes 一公斤的紅蘿蔔
[œ̃ kilo də kaʀɔt]

trois cents grammes de haricots verts
[tʀwa sã gʀam də aʀiko veʀ]

三百公克的綠長豆

un litre de lait 一公升的牛奶
[œ̃ litʀ də lɛ]

deux tranches de jambon 兩片火腿
[dø tʀãʃ də ʒãbɔ̃]

quatre morceaux de sucre 四塊糖
[katʀ mɔʀso də sykʀ]

un verre de vin rouge 一杯紅酒
[œ̃ veʀ də vɛ̃ ʀuʒ]

une part de quiche 一份法式鹹派（以等份均分）
[yn paʀ də kiʃ]

six tomates 六顆番茄
[si tɔmat]

Culture: Les marchés en France
[le maʁʃe ã fʁ ɑ̃s]
法國二三事：不可錯過的法國市集

　　法國歌手吉貝爾‧貝寇Gilbert Bécaud在「les marchés de Provence（普羅旺斯的市場）」的歌曲中形容法國市集的景象：空氣中充滿著蔬果的香味、海的味道、叫賣的攤販，以及來來往往的人潮，擦肩而過的美麗女子們……。

　　市集不僅是買賣的地方，也是社交的場所之一，尤其是地區性每週定期的食品市集，跟居民的生活更是密不可分，想要體驗當地人的生活，當然不可錯過市集這個好機會，光是在市集中晃一圈，對當地特產應該就可以略知一二了！

　　在法國，市集的規劃和整潔都很完善，市集的規模可大可小，但是樣樣俱全；大的市集，攤販的規劃是以產品類別區分，蔬果、海鮮、肉類、乳酪、香料、鮮花、熟食……都有各自的區域，方便消費者採買和比較。衛生方面，市集的乾淨度可圈可點，因為攤販都有必須將場地恢復回原狀的義務，而且常常有衛生督查人員巡視抽查，此外，整齊乾淨對銷售有加分的效果，何樂而不為！

　　法國最美的十個市集，如果有時間浸淫其中絕對不能錯過。

✤ 阿普特市集（Le marché d'Apt）：

　　普羅旺斯最古老的市集之一，是糖漬水果的重鎮，市集中多彩多姿的顏色，讓人很輕易地感受到南法普羅旺斯的熱情。

✤ 雷島的拉夫洛特市集（Le marché de la Flotte en Ré）：

　　位於法國西部雷島（l'île de Ré）上的拉夫洛特小鎮（la Flotte），擁有中古世紀歷史的街道，讓每日熱鬧的市集充滿了古色古香氣氛。

✤ 科爾馬的聖誕市集（Le marché de Noël de Colmar）：

　　亞爾薩斯地區的聖誕市集，以科爾馬城（Colmar）最為聞名。每年接近聖誕佳節，等不及到充滿小木屋市集逛逛的人們，在聖誕氣息籠罩下，難以抵擋來一杯熱紅酒的誘惑。

🍀 薩馬唐的鵝肝市集（Le marché au foie gras de Samatan）：

法國最大的肝醬市集，位於法國西南部熱爾省（Gers）的薩馬唐鎮（Samatan）。每週一才有的市集，可以找到任何所需的鴨肝或鵝肝醬。

🍀 尼斯的花卉市集（Le marché aux fleurs de Nice）：

在古老的城鎮建築中舉行，全年不斷每天都有的尼斯花市，裝飾南法的繽紛色彩，特殊的香味，加上當地的蔬果、零嘴、香料等等特產，一幅經典南法景象。

🍀 盧昂－夏特樂諾市集（Le marché de Louhans-Châteaurenaud）：

自中古世紀以來，盧昂（Louhans）市場以提供優質布雷斯（Bresse）品種的雞肉品質以及當地的特殊料理而聞名，另外，市集中的有機食品攤販區很值得造訪。

🍀 賽特港市集（Le marché des Halles à Sète）：

每天早晨都有的賽特港（Sète）市集，可以找到不少南部的特殊料理，以及賽特地區的特殊料理：賽特風味海鮮餡餅（la tielle sétoise）。

🍀 於澤市集（Le marché d'Uzès）：

位於南法的於澤（Uzès）市集坐落於法國最美的城鎮之一，在這裡可以發現經典的普羅旺斯產品。

🍀 里貝拉克市集（Le marché de Ribérac）：

每週五里貝拉克（Ribérac）市中心舉行的市集，販售的產品配合節氣改變聞名。11月中－3月中以肝醬市集為主，12月－2月中以松露市集為主，10－11月堅果市集。

🍀 里舍郎舍的松露市集（Le marché truffier de Richerenches）：

法國東南部蔚藍海岸地區的里舍郎舍鎮（Richerenches）以松露聞名。每年11月中，每週六早上10點開始，市集中滿滿是尋找黑鑽石：松露的淘金客。

▶ 每年到了世界音樂節這一天，都會吸引許多想要一展長才的歌手，音樂家和無民小卒上街頭表演，表演得好不好其次，開心就好！

◀ 里爾（Lille）市政府舉辦的探戈（tango）晚會。只要想跳的人，不分男女老少都可以免費參加，不跳的人也可以在舞池旁盡情欣賞。

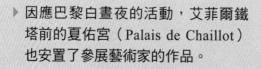

▶ 因應巴黎白晝夜的活動，艾菲爾鐵塔前的夏佑宮（Palais de Chaillot）也安置了參展藝術家的作品。

單元六：Activités et loisirs 休閒活動

Situation 01 度假去 Partir en vacances
[paʀtiʀ ã vakãs]

Tiens, vous‿avez déjà des‿idées pour les vacances d'été?
[tjɛ̃, vu zave deʒa de zide puʀ le vakãs dete?]
耶，你想好要去哪裡過暑假沒？

Pas vraiment. 還沒有。
[pa vʀɛmã.]
J'aimerais faire un séjour linguistique en‿Espagne ou en‿Argentine.
[ʒɛməʀe feʀ œ̃ seʒuʀ lɛ̃gɥistik ã nɛspaɲ u ã naʀʒãtin.]
我想去西班牙或是阿根廷學語言。
Mais ça dépend du budget. 但是要看花多少錢。
[mɛ sa depã dy bydʒe.]

Bonne idée. 好主意。
[bɔn ide.]
Moi, je vais en Chine rendre visite à mon‿oncle.
[mwa, ʒə ve ã ʃin ʀãdʀ vizit a mɔ nɔ̃kl.]
我啊，要去中國探望我舅舅。

Ah bon, ton‿oncle habite là-bas?
[a bɔ̃, tɔ̃ nɔ̃kl abit laba?]
是喔，妳舅舅住在那裡？
Oui, il est‿expatrié en Chine depuis deux‿ans.
[wi, il ɛ te kspatʀije ã ʃin dəpɥi dø zã.]
對啊，他被外派到中國已經兩年了。
Tu as de la chance! 妳真幸運！
[ty a də la ʃãs!]

Oui, je n'ai pas besoin de payer l'hôtel. 對啊，我不用花飯店錢。
[wi, ʒə ne pa bəzwɛ̃ də peje lɔtel.]
C'est‿un très grand‿avantage! 這是很大的好處。
[se tœ̃ tʀe gʀã tavãtaʒ!]

○ Pas encore. 還沒。
[pɑ ãkɔʀ.]

○ Je vais en Chine chez mon‿oncle. 我要去中國我舅舅家。
[ʒə ve ã ʃin ʃe mɔ̃ nɔ̃kl.]

○ Où pars-tu?／Où est-ce que tu pars? 你要去哪裡？
[u paʀ – ty?] [u ɛ – s kə ty paʀ?]

🗨️💬 替換單詞 Vocabulaire（動詞 partir 變化請參考附錄）

○ Je pars de ＋ 地點 ＝ 我要離開某地

例句：Je pars de Paris. 我要離開巴黎。（城市，不分性別）
[ʒə paʀ də paʀi.]

Je pars de France. 我離開法國。（♀ 國家）
[ʒə paʀ də fʀãs.]

Je pars du Canada. 我要離開加拿大。（♂ 國家，de＋le ＝ du）
[ʒə paʀ dy kanada.]

○ Je pars à ＋ 地點 ＝ 我要前往某地

例句：Je pars à Paris. 我要前往巴黎。（城市，不分性別）
[ʒə paʀ a paʀi.]

Je pars en France. 我要前往法國。（♀ 國家，à＋la ＝ en）
[ʒə paʀ ã fʀãs.]

Je pars au Canada. 我要前往加拿大。（♂ 國家，à＋le ＝ au）
[ʒə paʀ o kanada.]

Situation 02 購票 Acheter des billets

[aʃte de bijɛ]

Bonjour, je voudrais deux billets pour Dijon, pour le mardi neuf mars.
[bɔ̃ʒuʀ, ʒə vudʀe dø bijɛ puʀ diʒɔ̃, puʀ lə maʀdi nœf maʀs.]
您好，我想要兩張到第戎的票，3月9號星期二的。

Oui, madame. Vous partez le matin ou l'après-midi?
[wi, madam. vu paʀte lə matɛ̃ u lapʀɛ – midi?]
好的，女士。您要早上還是下午出發呢？

Vers neuf‿heures, si possible. 大約9點出發，如果可能的話。
[vɛʀ nœ vœʀ, si pɔsibl.]

Vous‿avez un TGV à huit‿heures quarante
[vu zave œ̃ te ʒe ve a ɥi tœʀ kaʀɑ̃t]
您有一個8點40分
et un‿autre à neuf‿heures vingt.
[e œ̃ notʀ a nœv œʀ vɛ̃.]
和另一個9點20分的高鐵選擇。

Huit‿heures quarante, c'est bien. 8點40分的好了。
[ɥi tœʀ kaʀɑ̃t, sɛ bjɛ̃.]
Il‿y‿a des réductions? 有折扣嗎？
[i li ja de ʀedyksjɔ̃?]

Ça dépend, il‿y‿a un retour?
[sa depɑ̃, i li ja œ̃ ʀətuʀ?]
要看條件喔。有回程嗎？

Non, seulement un‿aller simple. 沒有，只有單程。
[nɔ̃, sœlma œ̃ nale sɛ̃pl.]

D'accord, dans ce cas il n'y‿a pas de réduction.
[dakɔʀ, dɑ̃ sə ka il ni ja pa də ʀedyksjɔ̃.]
好的，這樣的話，就沒有折扣了。
Ça vous fait soixante-quinze euros au total, s'il vous plaît.
[sa vu fɛ swasɑ̃t – kɛ̃z œʀo o tɔtal sil vu plɛ.]
總共75歐元，麻煩您。

○ Ça dépend.／Il faut voir. 看情況。
[sa depɑ̃.]　[il fo vwaʀ.]

○ Vers neuf heures, de préférence. 最好可以大約9點。
[veʀ nœ vœʀ, də pʀefeʀɑ̃s.]

○ Un aller simple. 一張單程票。
[œ̃ nale sɛ̃pl.]

○ Un aller retour. 一趟來回票。
[œ̃ nale ʀətuʀ.]

●●● 替換單詞 Vocabulaire（動詞變化 Avoir 請參考附錄）

○ Il y a ... ＝ 有～

　例句：Il y a des réductions. 有折扣。（♂ 或 ♀ 複數：des）
　　　　[i li ja de ʀedyksjɔ̃.]

　　　　Il y a du monde. 有很多人。（♂ 單數：du）
　　　　[i li ja dy mɔ̃d.]

　　　　Il y a de l'espoir. 有希望。（♂ 或 ♀ 單數，字首母音：de l'）
　　　　[i li ja də lɛspwaʀ.]

　　　　Il y a de la place. 有位子（♂ 單數：de la）
　　　　[i li ja də la plas.]。

○ Il n'y a pas ... ＝ 沒有什麼～

　例句：Il n'y a pas de réduction. 沒有折扣。
　　　　[il ni ja pɑ də ʀedyksjɔ̃.]

　　　　Il n'y a pas de monde. 沒有很多人。
　　　　[il ni ja pɑ də mɔ̃d.]

　　　　Il n'y a pas d'espoir. 沒有希望。
　　　　[il ni ja pɑ dɛspwaʀ.]

　　　　Il n'y a pas de place. 沒有位子。
　　　　[il ni ja pɑ də plas.]

Culture: Co-voiturage
[kɔ – vwatyʀaʒ]
法國二三事：日益興盛的共乘網

出門到某地，公共運輸工具和乘坐家人車或友人車的選擇外，就是自己開車了！但是，如果您住的地方沒有公共運輸系統經過，自己獨居，沒車或是不會開車，甚至身體不適不能開車怎麼辦？

法國幅員廣大，雖然公共運輸系統完善，但是離開了地區的大城市，自己沒有車，想要到處逛逛可不是那麼簡單的。即便自己有車，如果不是住在城裡，每天上下班開車，每個月累計下來的汽油支出可是非常可觀的一筆開銷……。

一邊是需要搭車出門的人，另一邊是需要減低汽油開銷的人，再一次藉由網路的幫忙，兩邊的需求互相搭上線，於是，有了共乘網的誕生。

http://www.covoiturage.fr/

http://covoiturage-libre.fr/

http://www.carpooling.fr/

共乘的概念（Co-voiturage）除了因應乘客和司機的需求外，另一方面，也是一種環保的具體表現。想要出門，不需要每人都要有一輛車，多人共乘一輛車，路上的車輛少了，排放的廢氣相對地減少許多，也將對環境的衝擊降低到最小。結合這些優點，共乘系統在歐洲和北美洲越來越受歡迎。

共乘雖然是需要付費的，但是跟計程車是完全不同的系統。共乘網中的司機，收費的價格通常不貴，乘客支付的費用通常是為了分攤汽油錢，收費的目的不是為了盈利。此外，司機會在網路上提供日期和路線，乘客可以參考路線，再跟司機約好搭乘的日期，請司機在路線中的某一點接你，然後，在路線中的某一點下車。在這個共乘的過程中，司機和乘客的關係比較像是初識的朋友關係，互相自我介紹，然後分享彼此的經驗等等，因為共乘系統而成為好友的人也不在少數。

在共乘網站上，您只要選擇起點、終點和日期，符合條件的司機們就會列出，而且需要的乘客數，以及剩餘的位子都會在同時顯示出來，司機希望乘客配合的事項也都會一併在司機們的介紹中提出。當然，乘客也可以看到司機的開車年資，車子的品牌型號，以及其他乘客對司機的評語。費用的話，有些網站會另收手續費（通常1〜2€），給車主的費用可以用信用卡支付或面交。

至於安全考量，共乘系統在法國算是非常令人放心的，但是，搭乘前當然還是不要忘了告知家人或是朋友，除了搭乘的日期之外，離開和到達的大約時間也最好一同告知，甚至可以留下司機的聯絡方式，凡事還是以小心為上！

Situation 03

訂房 Réserver une chambre d'hôtel
[ʀezɛʀve yn ʃɑ̃bʀ dotɛl]

Hôtel Alice, bonjour. 愛麗絲飯店您好。
[ɔtɛl alis, bɔ̃ʒuʀ.]

Bonjour, madame. Je voudrais réserver une chambre
[bɔ̃ʒuʀ, madam. ʒə vudʀɛ ʀezɛʀve yn ʃɑ̃bʀ]
您好，女士。我想要預定一間房間
pour deux personnes, le week-end prochain pour deux nuits.
[puʀ dø pɛʀsɔn, lə wikɛnd pʀɔʃɛ̃ puʀ dø nɥi.]
兩人房，下個週末，待兩晚。

Alors, voyons... oui, il‿y‿a une chambre disponible.
[alɔʀ, vwajɔ̃... wi, i li ja yn ʃɑ̃bʀ dispɔnibl.]
嗯，我看看……好了，有一間空房。
Elle donne sur la rue, quatre-vingt euros la nuit, le petit déjeuner compris.
[ɛl dɔn syʀ la ʀy, katʀ vɛ̃ œʀo la nɥi, lə pəti deʒœne kɔ̃pʀi.]
房間可以看到馬路，80歐元一晚，含早餐。

Ça me semble bien, je vais la prendre.
[sa mə sɑ̃bl bjɛ̃, ʒə vɛ la pʀɑ̃dʀ.]
好像不錯，我要訂這間。

Oui, c'est‿à quel nom? 好的，訂房者的名字？
[wi, sɛ ta kɛl nɔ̃?]

Martin. 馬丁。
[maʀtɛ̃.]
Nous‿arriverons vendredi vers dix-huit‿heures.
[nu za ʀivʀɔ̃ vɑ̃dʀədi vɛʀ di zɥi tœʀ.]
我們星期五約18點到。

Parfait. Au revoir, monsieur. 沒問題。先生，再見了。
[paʀfɛ. o ʀəvwaʀ, məsjø.]

Au revoir, madame. À vendredi!
[o ʀəvwaʀ, madam. a vɑ̃dʀədi!]
女士，再見。星期五見！

○ Petit déjeuner compris.／Petit déjeuner inclus. 含早餐。
[pəti deʒœne kɔ̃pʀi.]　　[pəti deʒœne ɛ̃kly.]

○ Ça me semble bien.／Ça me parait bien. 好像不錯。
[sa mə sãbl bjɛ̃.]　　[sa mə paʀɛ bjɛ̃.]

○ Parfait.／C'est parfait. 好的，沒問題。
[paʀfɛ.]　[sɛ paʀfɛ.]

💬 替換單詞 Vocabulaire（動詞變化 donner、arriver 請參考附錄）

○ La chambre donne sur ... ＝ 從房間可以看到～景象

例句：la chambre donne sur la rue. 從房間可以看到街道景象。
　　　[la ʃãbʀ dɔn syʀ la ʀy.]

la rue 街道／la plage 海灘
[la ʀy]　　　[la plaʒ]

le jardin 花園／le lac 湖泊
[lə ʒaʀdɛ̃]　　　[lə lak]

les montagnes 群山
[le mɔ̃taɲ]

○ Nous‿arrivons ＋ 時間 ＝ 我們什麼時候到

例句：Nous‿arrivons à dix-sept‿heures. 我們下午5點（17點）到。
　　　[nu za ʀivɔ̃ a disɛ tœʀ.]

à dix-sept‿heures. 17點
[a disɛ tœʀ.]

à dix-sept‿heures le vendredi neuf.
[a disɛ tœʀ lə vãdʀədi nœf.]
本月9日的星期五17點

(ce) vendredi à dix-sept‿heures. 這星期五17點。
[(sə) vãdʀədi a disɛ tœʀ.]

Culture: *Chambre d'hôtes / Gîtes / Echange de maison*
[ʃɑ̃bʀ dot / ʒit / eʃɑ̃ʒ də mɛzɔ̃]

法國二三事：多樣的特色民宿

在外地過夜，除了寄宿友人家，最普遍的就是在飯店Hôtel暫居幾晚。在法國，雖然飯店長久以來都是出外人住宿的選擇，然而，隨著網路革命，資訊交流便利，許多創新行業也因此興起，飯店產業也不例外，外宿的選擇跟往昔相較也變得很多。除了可以落腳飯店之外，如果，您想有不同的住宿體驗，還有家庭套房（chambre d'hôte）、鄉村民宅（gîte rural）、一般住宅（logement en location）、另類住宅（hébergement insolite），甚至住宅交換（échange de logement）的選擇，雖然沒有飯店的頭銜，但是豪華和舒適程度卻不見得遜色，有時候，可能還幫您省下不少荷包的支出呢！

✿ 家庭套房（Chambre d'hôte）

這類型的住宿，顧名思義地是位於住家中的套房。出租的房間是房東家中的某些房間，通常房間內附有單獨的衛浴設備，房間或住家依據房東的品位設計裝潢，多了個人特色和家庭的溫馨感。

一般而言，提供家庭套房的住家，通常是住家的建築很有特色或是住家的環境優雅，可能是具百年歷史的建築或是擁有特色的景色。除了住宿費用外，如果要在主人家中享用早餐，通常也是需要另外付費的。

http://www.chambres-hotes.fr/

✿ 鄉村民宅（Gîte rural）

獨立的整間民宅出租，不僅擁有數間房間、衛浴設備，還有飯廳和廚房，家庭該有的設備都有，但是必須自備食物。這類民宅通常位於鄉村，建築也偏向鄉村風格。民宿出租的方式通常是以週末或是以星期計算，時間越長，價格通常也越划算。

如果到一同出遊的人數多，選擇鄉村民宅可節省不少的支出。鄉村民宿和家

庭套房的舒適等級可由法國政府認可的法國民宿組織（Gîte de France）和旅遊住宅協會（Clévacances）的標籤分辨，級數分五級，等級由稻草和鑰匙數量分辨。

http://www.gites-de-france.com/

✤ 一般住宅（Logement en location）

這類住宿沒有特殊的官方評鑑認證，通常是私人出租的住宅，可以是整棟房子或是整間公寓出租，通常透過網路或是電話直接和屋主預定。

http://www.gites-de-france.com/

http://www.abritel.fr/

✤ 另類住宅（Hébergement insolite）

近年來新興的一種住宿，以提供特殊難忘的住宿空間贏得市場，例如：城堡、樹屋、原始石屋、磨坊……。

http://www.mediavacances.com/

✤ 住宅交換（Échange de logement）

從英國傳入的住宅交換風氣，近年來也漸漸地在法國展露頭角。雙方基於互信的基礎上，在雙方都許可的時間下，互換住宅度假，不僅不花錢，又可以享受在家的舒適。

https://www.homeexchange.com/cn/

Situation 04

運動 Faire du sport
[fɛʀ dy spɔʀ]

Salut Carine！哈囉，卡琳。
[saly kaʀin!]
Ça fait tellement longtemps qu'on ne s'est pas vues!
[sa fɛ tɛlmã lɔ̃tã kɔ̃ nə sɛ pa vy!]
我們好久沒有見面了！

Oui, environ trois mois, je crois.
[wi, ãviʀɔ̃ tʀwa mwa, ʒə kʀwa.]
對啊，大約三個月了，我想。

Dis donc, tu n'as pas changé du tout! 說真的，妳一點都沒變！
[di dɔ̃k, ty na pa ʃãʒe dy tu!]
En plus, on dirait que tu as meilleure mine qu'avant.
[ã ply, ɔ̃ diʀɛ kə ty a mɛjœʀ min kavã.]
而且，你看起來臉色比以前好。

Ah bon, peut-être que c'est grâce au sport!
[a bɔ̃, pøtɛtʀ kə sɛ gʀas o spɔʀ!]
真的啊，或許是運動的功勞！
Je fais du jogging tous les jours depuis deux‿ans.
[ʒə fɛ dy dʒɔgin tu le ʒuʀ dəpɥi dø zã.]
這兩年來，我每天都慢跑。

Tu ne fais pas de régime? 妳沒有在節食吧？
[ty nə fɛ pa də ʀeʒim?]

Non, mais je fais attention à ce que je mange.
[nɔ̃, mɛ ʒə fɛ atãsjɔ̃ a sə kə ʒə mãʒ.]
沒有，不過我很注意我吃的東西。

Il faut que je m'y mette aussi! 我也應該來運動了！
[il fo kə ʒə mi mɛt osi!]

💬 也可以這麼說 Expressions Utiles

○ Ça fait un bail qu'on ne s'est pas vu. 我們好久沒見面了。
[sa fɛ œ̃ baj kɔ̃ nə sɛ pa vy.]

○ Est-ce que tu fais un régime? 你／妳在節食嗎？
[ɛ – s kə ty fɛ œ̃ ʀeʒim?]

○ Je dois m'y mettre aussi. 我應該也要來運動了！
[ʒə dwa mi mɛtʀ osi.]

💬 替換單詞 Vocabulaire（動詞變化 faire 請參考附錄）

○ Je fais ＋ 運動 ＝ 我做某某運動

例句：Je fais du jogging. 我慢跑。
[ʒə fɛ dy dʒɔgin.]

du jogging 慢跑／du ski 滑雪／du vélo 騎腳踏車
[dy dʒɔgin]　　[dy ski]　　[dy velo]

du football 踢足球／du tennis 打網球／du rugby 橄欖球
[dy futbol]　　[dy tenis]　　[dy ʀygbi]

de la natation 游泳／de la danse 跳舞／de la randonnée 健行
[də la natasjɔ̃]　　[də la dɑ̃s]　　[də la ʀɑ̃dɔne]

○ Je fais attention à ＋ 事物 ＝ 我很注意某某事物

例句：Je fais attention à ce que je mange. 我很注意我吃的東西。
[ʒə fɛ atɑ̃sjɔ̃ a sə kə ʒə mɑ̃ʒ.]

la nourriture 飲食
[la nuʀityʀ]

ma ligne 我的身材
[ma liɲ]

Situation 05

城市活動 Sorties
[sɔrti]

Tu as quelque chose de prévu demain soir?
[ty a kɛlkə ʃoz də prɛvy dəmɛ̃ swar?]
妳明天晚上有節目嗎？

Oui, je vais voir une pièce de Georges Feydeau.
[wi, ʒə vɛ vwar yn pjɛs də ʒɔrʒ fedo.]
有耶，我要去看喬治·費多的戲。

Dommage! J'ai deux tickets de cinéma gratuits pour demain soir.
[dɔmaʒ! ʒe dø tike də sinema gratɥi pur dəmɛ̃ swar.]
真可惜！我有兩張明天晚上的電影票。

Oh! C'est quel film? 是喔！是哪一部片？
[o! sɛ kɛl film?]

C'est le film« Les garçons et Guillaume, à table !».
[sɛ lə film « le garsɔ̃ e gijom, a tabl! »]
是片名《媽媽要我愛男人》這部。

C'est pas vrai ! 這不是真的吧！
[sɛ pa vrɛ!]
Guillaume Gallienne, J'adore cet‿acteur! Il‿est très drôle!
[gijom galiɛn, ʒadɔr sɛ taktœr! i lɛ trɛ drol!]
吉翁佳里恩，我超愛這個演員的！他很搞笑！

Ah bon, je ne le connais pas, mais il paraît que c'est‿un bon film.
[a bɔ̃, ʒə nə lə kɔnɛ pã, me il pare kə sɛ œ̃ bɔ̃n film.]
是喔，我不認識他，不過看起來是部好電影。

Ça tombe vraiment mal! 來的真是不巧！
[sa tɔ̃b vrɛmã mal!]

Tant pis pour toi! Je vais demander à Léa alors.
[tã pi pur twa! ʒə ve dəmãde a lea alɔr.]
真為妳可惜！這樣我要去問問莉亞。

🗨 也可以這麼說 Expressions Utiles

○ Tu es disponible demain soir? 你／妳明晚有空嗎？
[ty ɛ dispɔnibl dəmɛ̃ swaʀ?]

○ Dommage!／C'est dommage! 真是可惜！
[dɔmaʒ!]　　[sɛ dɔmaʒ!]

○ C'est‿incroyable!／Ce n'est pas croyable! 令人不敢相信！
[sɛ tɛ̃ kʀwajabl!]　　[sə nɛ pa kʀwajabl!]

○ J'ai l'impression que c'est‿un bon film. 我想這應該是一部好電影。
[ʒe lɛ̃pʀɛsjɔ̃ kə sɛ tœ̃ bɔ̃ film.]

○ Ça tombe bien. 來得正好。
[sa tɔ̃b bjɛ̃.]

🗨 替換單詞 Vocabulaire（動詞變化 aller 請參考附錄）

○ Je vais ＋ 活動地點 ＝ 我要去參加某活動

例句：Je vais au café. 我要去咖啡館。
　　　　[ʒə ve o kafe.]

au café 咖啡廳／au restaurant 餐廳
[o kafe]　　　[o ʀɛstɔʀɑ̃]

au cinéma 電影院／au concert de M M的音樂會
[o sinema]　　　[o kɔ̃sɛʀ də ɛm]

en boîte 舞廳／en discothèque 舞廳
[ɑ̃ bwat]　　　[ɑ̃ diskɔtɛk]

à l'opéra 歌劇院／au théâtre 劇院
[a lɔpeʀa]　　　[o teatʀ]

chez des‿amis 去朋友家
[ʃe de zami]

Culture: Les grands événements culturels gratuits

[le gʀɑ̃ evenmɑ̃ kyltyʀɛl gʀatɥi]

法國二三事：免費的大型文化活動

自古以來，展開雙臂歡迎來自世界各地藝術或思想家的法國，不但因而獲得「啟蒙時期的搖籃」之稱，長久在藝術人文精神的薰陶中，不但保存也建造了許多歷史古蹟，發展出多元文化。充滿古色古香的人文氣息，使人容易將法國與浪漫畫上等號，再加上境內多樣的自然景色，理所當然地成為世界上最多人造訪的國家之一。

對古蹟保留與文化教育一直不遺餘力的法國，琳琅滿目的文化性活動幾乎全年不斷，從全國性的大型活動到迷你的村里文化活動都有，希望能將文化觸角伸及至每個居民，甚至為居民的荷包做打算，推出「折扣（Réduction）」或是「免費（gratuit）」，希望人人都能有機會接觸文化活動。

眾多文化活動中，以下幾個每年舉辦的免費大型盛宴是絕對值得參與，但人潮也相對很壯觀，如果想要有盡情的享受，一定要早點赴宴！

❀ 免費博物館日（Musées gratuits）：每個月的第一個星期天

全國性的文化運動，幾乎所有公家博物館整日白天免費，通常介於早上9點到11點間開始，在下午5點到7點間結束，依據每個博物館的開放時間而異。

❀ 歐洲博物館之夜（Nuit européen de musées）：離5月18最近的星期六

全歐洲性的活動，所有公共博物館夜間免費，從晚上6點到11點半止。

❀ 世界音樂節（Fête de la musique）：6月21日

世界性的節日。在法國音樂節訂6月21日，但是如果這一天不是在周末通常會在最接近的周末舉行。所有玩音樂的人，都會在大街小巷表演，慶祝活動從晚間開始到隔日的凌晨。

❀ 戶外電影節（Cinéma en plein air à la Villette）：**7月底到8月底**

在巴黎19區的拉維列特公園（Parc de la Villette）舉辦。夜晚一到，公園變成露天電影院，從國際性到不知名的，古早的到前衛的各類電影都在此播放。除了星期一和星期二休息外，星期三到星期天每晚都有活動。

❀ 歐洲古蹟日（Journées européens du patrimoine）：**9月的第三個週末**

全歐洲性的活動。兩天的週末都可以免費參觀平常不對外開放的政府機構，例如：總統的艾麗榭宮（Palais de l' Elysée）或是市政府（Hôtel de Ville）。

❀ 巴黎白晝夜（Nuit blanche à Paris）：**10月的第一個星期六**

只有歐洲的幾個大城有這個活動。這一天晚上巴黎各處的古蹟、博物館、公園、廣場或是藝廊都會有各類藝術作品的展示，活動從日落到隔日清晨。

當然，還有不少其他文化活動或是展覽是免費的，不過要先看懂法文，如果出現Entrée-gratuite、gratuit、gratos就是免費的意思！

▶ 一般而言，如果迷路了，客氣地詢問經過身旁的法國人，他都會很熱心地告訴你怎麼找到正確的路，有時候，甚至還會帶你到找尋的地點！

◀ 遊行後留下滿地的垃圾，多虧跟在遊行隊伍後的清道夫團隊，城市裡才得以馬上恢復乾淨的面貌。

單元七：Les ennuis 困擾

Situation 01

問路 Demander son chemin
[dəmãde sɔ̃ ʃəmɛ̃]

Mademoiselle, s'il vous plaît! 小姐，不好意思！
[madmwazɛl, sil vu plɛ!]

Oui? 什麼事嗎？
[wi?]

Je cherche la gare. 我在找火車站。
[ʒə ʃɛrʃ la gaʀ.]
Vous pourriez m'indiquer le chemin? 您可以告訴我怎麼走嗎？
[vu puʀje mɛ̃dike lə ʃəmɛ̃?]

Bien sûr. Vous‿allez tout droit,
[bjɛ̃ syʀ. vu zale tu dʀwa,]
當然可以。您直直走……，
vous‿arrivez sur une place, il‿y‿a trois rues,
[vu zaʀive syʀ yn plas, i li ja tʀwa ʀy,]
您會到達一個廣場，那裡有三條路。
vous prenez la première rue à gauche.
[vu pʀəne la pʀəmjɛʀ ʀy a goʃ.]
您走左邊第一條路。

A gauche, oui. 左邊。好的。
[a goʃ, wi.]

Après vous tournez la deuxième rue à droite,
vous‿allez la voir.
[apʀɛ vu tuʀne la døzjɛm ʀy a dʀwat, vu zale la vwaʀ.]
然後，走到第二條路右轉，您將會看到車站。
La gare est juste en face du grand bâtiment de la
Banque de France.
[la gaʀ ɛ ʒyst ã fas dy gʀã batimã də la bãk də fʀãs.]
車站就正好在法國銀行正對面。

Merci beaucoup, mademoiselle.
[mɛrsi boku, madmwazɛl.] 真是感謝您，小姐。

○ Excusez-moi, mademoiselle.／Pardon, mademoiselle. 小姐，不好意思。
[ɛkskyze - mwa, madmwazɛl] [paʀdɔ̃, madmwazɛl.]

○ Pourriez-vous me dire où se trouve la gare?
[puʀje - vu mə diʀ u sə tʀuv la gaʀ?]
您可以告訴我火車站怎麼走？

○ Je vous remercie, mademoiselle. 謝謝您，小姐。
[ʒə vu ʀəmɛʀsi, madmwazɛl.]

○ Vous tombez sur une place. 您會到達一個廣場。
[vu tɔ̃be syʀ yn plas.]

替換單詞 Vocabulaire（動詞變化 tourner、aller、
faire、traverser、perdre 請參考附錄）

○ 行進方向

例句：Vous tournez à gauche.／Tournez à gauche. 請左轉。
　　　[vu tuʀne a goʃ.]　　　　[tuʀne a goʃ.]

　　　Vous tournez à droite.／Tournez à droite. 請右轉。
　　　[vu tuʀne a dʀwat.]　　　[tuʀne a dʀwat.]

　　　Vous‿allez tout droit.／Allez tout droit. 請直走。
　　　[vu zale tu dʀwa.]　　　[ale tu dʀwa.]

　　　Vous faites demi-tour.／Faites demi-tour. 請迴轉。
　　　[vu fɛt dəmituʀ.]　　　[fɛt dəmituʀ.]

　　　Vous traversez la rue.／Traversez la rue. 請穿越馬路。
　　　[vu tʀavɛʀse la ʀy.]　　[tʀavɛʀse la ʀy.]

　　　Vous prenez la rue Monge.／Prenez la rue Monge. 請走蒙治路。
　　　[vu pʀəne la ʀy mɔ̃ʒ.]　　　[pʀəne la ʀy mɔ̃ʒ.]

Situation 02

看醫生 Consulter un médecin

[kɔ̃sylte œ̃ medsɛ̃]

Entrez Monsieur! Alors, qu'est-ce qui ne va pas?
[ɑ̃tʀe məsjø! alɔʀ, kɛ – s ki nə va pɑ?]
先生，請進。您哪裡不舒服？

Eh bien, depuis un certain temps,
[e bjɛ̃, dəpɥi œ̃ sɛʀtɛ̃ tɑ̃,] 嗯，有好一陣子了，
j'ai du mal à dormir et je n'ai presque plus
d'appétit.
[ʒe dy mal a dɔʀmiʀ e ʒə ne pʀɛsk ply dapeti.]
我睡不著而且還吃不太下。
Je me sens déprimé. 我覺得很憂鬱。
[ʒə mə sɑ̃ depʀime.]

Vous‿avez un travail prenant? 您的工作很繁重嗎？
[vu zave œ̃ tʀavaj pʀənɑ̃?]

Oui, très. Il m'arrive souvent de travailler le soir et
le week-end.
[wi, tʀɛ. il maʀiv suvɑ̃ də tʀavaje lə swaʀ e lə wikɛnd.]
是的，非常重。我常常需要晚上或週末上班。

Vous‿êtes obligé de travailler autant?
[vu zɛt ɔbliʒe də tʀavaje otɑ̃?] 您一定要做這麼多的工作嗎？

Oui, j'ai peur de perdre mon travail.
[wi, ʒe pœʀ də pɛʀdʀ mɔ̃ tʀavaj.]
要啊，我怕失去工作。

Vous fumez? 您抽菸嗎？
[vu fyme?]

Oui. 有的。
[wi.]

Bon, enlevez votre veste, s'il vous plaît, je vais
vous‿examiner.
[bɔ̃, ɑ̃lve vɔtʀ vɛst, sil vu plɛ, ʒə ve vu zɛg zamine.]
好，請把您的外套脫下。我要幫你做檢查。

○ Qu'est-ce qui vous‿arrive? 您怎麼了嗎？
[kɛ – s ki vu zaʀiv?]

○ Qu'est-ce qui vous‿amène? 您為什麼原因來呢？
[kɛ – s ki vu za mɛn?]

○ Je ne me sens pas bien. 我覺得渾身不對勁。
[ʒə nə mə sã pa bjɛ̃.]

○ Je crains de perdre mon travail. 我擔心會失去工作。
[ʒə kʀɛ̃ də pɛʀdʀ mɔ̃ tʀavaj.]

●●● 替換單詞 Vocabulaire（動詞變化 se sentir、avoir 請參考附錄）

○ Je me sens ＋ 感受形容詞 ＝ 我覺得～
[ʒə mə sã]

　　　　　bien 很好／mal 不好
　　　　　[bjɛ̃]　　　[mal]

　　　　　fatigué 疲累／seul 孤獨
　　　　　[fatige]　　[sœl]

　　　　　triste 難過／déprimé 憂鬱
　　　　　[tʀist]　　　[depʀime]

○ Avoir du mal à ＋ 動詞 ＝ 沒辦法做到某事

　　例句：Il a du mal à dormir. 他睡不著覺。
　　　　　[il a dy mal a dɔʀmiʀ.]

　　　　　J'ai du mal à marcher. 我沒辦法走路。
　　　　　[ʒe dy mal a maʀʃe.]

　　　　　Tu as du mal à bouger. 你沒辦法移動。
　　　　　[ty a dy mal a buʒe.]

Situation 03

藥局買藥 À la pharmacie

[a la faʀmasi]

Je voudrais quelque chose pour soigner un rhume, s'il vous plaît.
[ʒə vudʀe kɛlkə ʃoz puʀ swaɲe œ̃ ʀym, sil vu plɛ.]
我想要可以治療感冒的東西，麻煩您。

Vous‿avez mal à la gorge? 您會喉嚨痛嗎？
[vu zave mal a la gɔʀʒ?]
Vous toussez? 您會咳嗽嗎？
[vu tuse?]

Non, j'ai le nez qui coule... et j'ai un peu mal à la tête.
[nɔ̃, ʒɛ lə ne ki kul... e ʒɛ œ̃ pø mal a la tɛt.]
不會，但是我一直流鼻水……而且還有一點頭痛。

Alors, je vous conseille de l'aspirine ou peut-être mieux un sirop.
[alɔʀ, ʒə vu kɔ̃sɛi də laspiʀin u pøtɛtʀ mjø œ̃ siʀo.]
這樣的話，我建議您服用阿斯匹林含成分的藥或是感冒糖漿。

Euh... je vais prendre le sirop alors. 呃……那我拿感冒糖漿。
[ø... ʒə vɛ pʀɑ̃dʀ lə siʀo alɔʀ.]

Oui Madame. Mais faite attention, ça provoque des somnolences.
[wi madam. mɛ fɛt atɑ̃sjɔ̃, sa pʀɔvɔk de sɔmnɔlɑ̃s.]
好的，女士。但是注意喔，這個藥會產生嗜睡症狀喔。
Il ne faut pas boire d'alcool avec.
[il nə fo pɑ bwaʀ dalkɔl avɛk.]
不可以和酒精一起服用。

D'accord. Merci de me l'avoir dit. 好的。謝謝您跟我說
[dakɔʀ. mɛʀsi də mə lavwaʀ di.]。

也可以這麼說 Expressions Utiles

○ Vous‿avez quelque chose pour me soulager?
[vu zave kɛlkə ʃoz puʀ mə sulaʒe?]
您有可以讓我舒緩症狀的東西（藥物）嗎？

○ Où avez-vous mal?　您哪裡不舒服？
[u ave – vu mal?]

○ Faites attention de ne pas prendre d'alcool avec.
[fɛt atãsjɔ̃ də nə pa pʀãdʀ dalkɔl avɛk.]
注意不要和酒精一起服用。

替換單詞 Vocabulaire（動詞變化 Avoir 請參考附錄）

○ Avoir mal ＋ 身體部位 ＝ 身體某部位不舒服

例句：J'ai mal au ventre. 我肚子不舒服。

Tu as mal à la tête. 你頭痛。

Il a mal à l'estomac. 他胃痛。

Elle a mal aux dents. 她牙痛。

au [o]	ventre 肚子／cou 脖子／dos 背部 [vãtʀ]　　　[ku]　　　[do]	♂ 單數
à la [a la]	tête 頭／gorge 喉嚨／nuque 後頸 [tɛt]　　[gɔʀʒ]　　[nyk]	♀ 單數
à l' [a l]	estomac 胃／oreille 耳朵／œil 眼睛 [ɛstɔma]　　[ɔʀɛj]　　[œj]	♀ 或 ♂ 字首母音
aux [o]	dents 牙齒／yeux 眼睛／jambes 腿部 [dã]　　[jø]　　[ʒãb]	♂ 或 ♀ 複數

Situation 04 偷竊 En cas de vol
[ɑ̃ ka də vɔl]

Du calme madame! 請您冷靜，女士！
[dy kalm madam!]
Alors, qu'est-ce qu'il‿y‿a? 發生什麼事了？
[alɔʀ, kɛ – s ki li ja?]

On m'a volé mon portefeuille! 有人偷了我的錢包！
[ɔ̃ ma vɔle mɔ̃ pɔʀtəfœj!]

Pour les déclarations de vol c'est le bureau numéro trois.
[puʀ le deklaʀasjɔ̃ də vɔl sɛ lə byʀo nymeʀo tʀwa.]
偷竊案件要到3號辦公室申報。

D'accord. 好的。
[dakɔʀ.]

Ça s'est passé où et quand? 在那裡還有什麼時候發生的？
[sa sɛ pase u e kɑ̃?]

Il‿y‿a seulement quelques minutes, à la sortie du métro.
[i li ja sœlmɑ̃ kɛlkə minyt, a la sɔʀti dy metro.]
就幾分鐘前在地鐵出口發生的。
Quand j'ai cherché mon portefeuille pour remettre ma carte de transport.
[kɑ̃ ʒe ʃɛʀʃe mɔ̃ pɔʀtəfœj puʀ ʀəmɛtʀ ma kaʀt də tʀɑ̃spɔʀ.]
當我尋找錢包將地鐵卡放進去的時候。
Je me suis rendue compte qu'on me l'avait volé...
[ʒə mə sɥi ʀɑ̃dy kɔ̃t kɔ̃ mə lave vɔle...]
我察覺到錢包被偷了……

Qu'est-ce qu'il‿y‿a dans le portefeuille? 錢包裡面有什麼？
[kɛ – s ki li ja dɑ̃ lə pɔʀtəfœj?]

Il‿y‿a ma carte d'identité, ma carte bleue et un peu d'argent...
[i li ja ma kaʀt didɑ̃tite, ma kaʀt blø e œ̃ pø daʀʒɑ̃...]
有我的身分證，金融卡和一點點錢……

- Calmez-vous, madame! 請您冷靜下來，女士！
  [kalme – vu, madam!]

- Qu'est-ce qui vous‿est‿arrivé? 您發生了什麼事了？
  [kɛ – s ki vu ze ta ʀive?]

- J'ai réalisé qu'on m'avait volé. 我才發現被偷了。
  [ʒe ʀealize kɔ̃ mave vɔle]

替換單詞 Vocabulaire（動詞變化 avoir 請參考附錄）

- Il‿y‿a ＋ 時間 ＝ ～以前

  例句：Il‿y‿a cinq minutes. [ili ja sɛ̃k minyt.] 5分鐘前。

    quelques minutes. 幾分鐘前。
    [kɛlkə minyt.]
  Il‿y‿a cinq‿heures. 5小時前。
  [i li ja sɛ̃ kœʀ.]
    quelques‿heures. 幾小時前。
    [kɛlkə zœʀ.]
  Il‿y‿a cinq mois. 5個月前。
  [i li ja sɛ̃k mwɑ.]
    quelques mois. 幾個月前。
    [kɛlkə mwɑ.]
  Il‿y‿a cinq‿ans. 5年前。
  [i li ja sɛ̃ kɑ̃.]
    quelques‿années. 幾年前。
    [kɛlkə zane.]

- Il‿y‿a ＋ 事物 ＝ 有某事物

    un peu d'argent. 一點點錢／beaucoup d'argent. 很多錢
    [œ̃ pø daʀʒɑ̃]   [boku daʀʒɑ̃.]

    de l'argent. 一些錢
    [də laʀʒɑ̃.]

Situation 05

求助 Contacter les secours
[kɔ̃takte le səkuʀ]

Allô, le poste de police?　喂，警察局嗎？
[alo, lə pɔst də pɔlis?]
Je suis sur la National vingt-et-un,　我在21號公路上，
[ʒə sɥi syʀ la nasjɔnal vɛ̃teœ̃,]
à la hauteur de Fleury en direction de Paris.
[a la otœʀ də flœʀi ɑ̃ diʀɛksjɔ̃ də paʀi.]　靠近弗樂里往巴黎方向。
Il‿y‿a eu un‿accident de voiture.　有一場車禍發生。
[i li ja y œ̃ naksidɑ̃ də vwatyʀ.]

Nous vous‿envoyons les secours, ne bougez pas.
[nu vuzɑ̃ vwajɔ̃ le səkuʀ, nə buʒe pa.]
我們派救援過去，不要離開。
Combien y-a-t-il de blessés?　有多少人受傷？
[kɔ̃bjɛ̃ ja til də blɛse?]

Il‿y‿a trois‿adultes et deux‿enfants.　3位大人和2位小孩。
[i li ja tʀwa zadylt e dø zɑ̃fɑ̃.]
Ils ne sont pas blessés, ils semblent juste choqués.
[il nə sɔ̃ pa blɛse, il sɑ̃bl ʒyst ʃɔke.]
他們沒有受傷，只是看起來受了驚嚇。
Je reste à leur côté mais les voitures bloquent la route.
[ʒə ʀɛst a lœʀ kote mɛ le vwatyʀ blɔk la ʀut.]
我會留在他們身邊，但是這兩輛車子擋住了道路。

Les secours seront sur place dans dix minutes...
[le səkuʀ səʀɔ̃ syʀ plas dɑ̃ di minyt...]
救援將在10分鐘後到達現場……

○ Je suis au niveau de Fleury. 我在弗樂里附近。
[ʒə sɥi o nivo də flœri.]

○ Un‿accident entre deux voitures s'est produit.
[œ̃ naksidã ãtʀ dø vwatyʀ sɛ pʀɔdɥi.]
發生了兩輛車相撞的車禍。

○ Il‿y‿a combien de blessés? 有多少傷者？
[i li ja kɔ̃bjɛ̃ də blɛse?]

○ Je reste avec‿eux. 我留在他們身邊。
[ʒə ʀɛst avɛ kø.]

替換單詞 Vocabulaire（動詞變化 être 請參考附錄）

○ 人 ＋ être ＋ 程度 ＋ 傷勢

程度	**légèrement** 輕微地／**gravement** 嚴重地
	[leʒɛʀmã]　　　　　　　 [gʀavmã]
傷勢	**brûlé** 燒傷／**blessé** 受傷／**mort** 死亡
	[bʀyle]　　 [blɛse]　　 [mɔʀ]
人	**vivant** 生還者／**blessé** 傷者／**mort** 死者
	[vivã]　　　 [blɛse]　　 [mɔʀ]

例句：Il est légèrement brûlé. 他輕微燒傷。

　　　Elle est gravement blessée. 她嚴重受傷。

　　　Ils sont morts sur le coup. 他們當場死亡。

　　　Il y a un vivant, deux blessés et 3 morts dans cet‿accident.

　　　這場車禍中有1個生還者，2個傷者，3個死者。

Culture: Mises‿en garde particulières
[mi zã gaʀd paʀtikyljeʀ]

法國二三事：外國人在法國的注意事項

不論是到法國遊玩、留學或定居，一幅東方臉孔的我們，很容易就被辨認出是：外國人，也就是不懂當地民情世故，甚至成為容易不良份子下手的對象。

在法國，外國人最容易遇到的困擾就是偷竊，尤其在觀光勝地，一個不留神，身上的貴重物品可能就不翼而飛了，當地偷竊技術高超，讓您想找罪魁禍首都很難，只能摸摸鼻子，到警局報案了，盼望找回失竊的東西，就像大海撈針一樣，機會渺茫！

另一種困擾就是遭遇搶劫，尤其是亞洲人士，通常對象為亞洲女生，發生的地點大部分在回住宿的路上遭搶，有時為了捍衛身上的財物，還可能遭受攻擊，不僅掉了錢財，還受了傷、飽受驚嚇，不過，值得慶幸的是這種事情發生率不高。

怎麼避免被搶被竊呢？基本功夫不外乎：保持低調！在法國，大部分的人穿著和飾品，不論是顏色或是設計都是走低調路線，所以看起來都差不多，很少一眼就看到誰特別搶眼。如果您到了法國，建議您也跟著入境隨俗，不要拿著名牌包，穿戴著名牌標識斗大易見的衣物，或是身穿顏色閃亮的衣著，讓人把您當成「肥羊」看。

另外，法國當局也針對竊賊們的技巧，對居民和觀光客提出幾個建議：

> 避免將護照或機票帶在身上。

> 避免背後背包或沒有拉鍊的包包，並且隨時將包包置於胸前視野可及之處。

> 提防靠近的任何人，甚至小孩，因為在歐洲，利用小孩偷竊的集團很常見。

➤ 不要輕易地將包包置於用餐的椅腳邊。

➤ 搭乘地鐵，盡量不要太靠近車門口，因為包包有可能輕易地被搶。

➤ 小心跟您搭訕或是藉機轉移您的注意力的人。

　　除了偷竊和搶劫外，如果您住在當地的民宿可能會遇到有人按鈴，以檢查家中某某功能藉口試圖進入住所，千萬不要輕易開門，凡事最好還是先問過屋主。

　　還有一種詐騙手法，專門找觀光客下手，不肖份子大多聚集在觀光勝地。首先，他們會很熱情的靠近您，可能請您讓他看看您的手，幫你算命或做手鍊之類，有時會熱情地請您當他的模特兒讓他照相或畫畫，甚至為某某活動請您簽名之類，這類的行為，假借熱情提供的名義，事後強硬跟您索取「服務費用」，不知情的您不想付費都還不行呢！

　　如果遇到任何問題，看到警察（Policier）或是憲兵（Gendarme）千萬不要遲疑求救！或撥打以下的緊急電話：

➤ 緊急醫療救護SAMU：15

➤ 警察局：17

➤ 消防局：18

➤ 駐法國台北代表處24小時急難救助電話：06 80 07 49 44

▲ 法國人對現狀不滿除了發牢騷之外，也
常常上街頭示威達到傳遞訴求的目的。

單元八：Exprimer ses sentiments
情感表達

Situation 01 喜怒哀樂 Sentiments
[sãtimã]

Mon chéri, pourquoi tu boudes? 寶貝，你為什麼鬧彆扭？
[mɔ̃ ʃeʀiʀ, puʀkwa ty bud?]

Je ne suis pas content! 我不開心！
[ʒə nə sчi pa kɔ̃tã !]

Comment ça? 為什麼？
[kɔmã sa?]
Tu es déçu par ton cadeau ? 你的禮物讓你失望？
[ty ɛ desy paʀ tɔ̃ kado?]

Je le déteste! 我討厭我的禮物！
[ʒə lə detɛst!]

Tu devrais être heureux d'avoir un beau jouet.
[ty dəvʀɛ ɛtʀ øʀø davwaʀ œ̃ bo ʒwɛ.]
你有一個漂亮的禮物應該要開心啊。

Celui de mon petit frère est mieux !
[səlчi də mɔ̃ pəti fʀɛʀ ɛ mjø!]
弟弟的那一個比較好！

Oh! Tu es jaloux! 喔！你嫉妒！
[o! ty ɛ ʒalu!]

Non, je suis furieux! 才不是，我很生氣！
[nɔ̃, ʒə sчi fyʀjø!]

Quand tu seras de bonne humeur, tu reviendras jouer en bas,
d'accord!
[kã ty səra də bɔn ymœʀ, ty ʀəvjẽdʀa ʒwe ã ba, dakɔʀ!]
當你情緒變好了，你再到樓下來玩吧！

○ Tu fais la tête.／Tu boudes. 你／妳鬧彆扭。
[ty fɛ la tɛt.]   [ty bud.]

○ Je suis fâché.／Je suis en colère. 我很生氣。
[ʒə sɥiz faʃe.]   [ʒə sɥi ã kɔlɛʀ.]

○ Quand tu te seras calmé(e). 當你／妳冷靜下來。
[kã ty tə səra kalme.]

💬 替換單詞 Vocabulaire（動詞變化 être 請參考附錄）

○ 人 + être + 情緒形容詞 = ～覺得～

例句：Je suis content. 我很開心。（我是 ♂ ）

     Tu es contente. 妳很開心。（妳是 ♀ ）

♂ Il‿est... [i lɛ]	♀ Elle‿est... [ɛ lɛ]	他／她…
content [kɔ̃tã]	**contente** [kɔ̃tãt]	開心
en colère [ã kɔlɛʀ]	**en colère** [ã kɔlɛʀ]	氣頭上
triste [tʀist]	**triste** [tʀist]	難過
joyeux [ʒwajø]	**joyeuse** [ʒwajøz]	快樂
jaloux [ʒalu]	**jalouse** [ʒaluz]	嫉妒

Situation 02

道歉 S'excuser

[sɛkskyze]

Ah! Te voilà! Tu as vu l'heure? 啊！你出現啦！你看看幾點了？
[a! tə vwala! ty a vy lœʀ?]

Ça fait une demi-heure que je t'attends !
[sa fɛ yn dəmi – œʀ kə ʒə tatã!]
我已經等你半個小時了！

Excuse-moi mais le téléphone a sonné au moment où je sortais.
[ɛkskyz – mwa mɛ lə telefɔn a sɔne o mɔmã u ʒə sɔʀtɛ.]
對不起，但是當我要出門的時候，電話剛好響了。

Ouais. Tu as toujours des‿excuses. 嗯哼。你總是很多理由。
[wɛ. ty a tuʒuʀ de zɛks kyz.]

C'est la deuxième fois que tu me fais le coup cette semaine.
[sɛ. la døzjɛm fwa kə ty mə fɛ lə ku sɛt səmɛn.]
這是這個星期裡，你第二次遲到了！

J'en‿ai ras-le-bol! 我受夠了！
[ʒã ne ʀa lə bɔl!]

Je suis vraiment désolé mais je ne l'ai fais pas exprès!
[ʒə sɥi vʀɛmã dezɔle mɛ ʒə nə le fɛ pa ɛkspʀɛ!]
我真的很抱歉，可是我又不是故意的。

C'est ça! 真會說！
[sɛ sa!]

On voit bien que ce n'est pas toi qui te gèle dans la rue!
[ɔ̃ vwa bjɛ̃ kə sə nɛ pa twa ki tə ʒɛl dã la ʀy!]
看得出來在路上等到凍僵的人不是你！

💬 也可以這麼說 Expressions utiles

○ Tu as une demi-heure de retard. 你遲到了半個小時。
  [ty a yn dəmi - œʀ də ʀətaʀ.]

○ J'en‿ai marre.／J'en‿ai ras le bol. 我受夠了。
  [ʒɑ̃ nɛ maʀ.]　　[ʒɑ̃ nɛ ʀa lə bɔl.]

○ Je suis désolé(e).／Je m'excuse. 對不起。
  [ʒə sɥi dezɔle.]　　[ʒə mɛkskyz.]

○ Je suis désolé(e) d'être en retard. 對不起我遲到了。
  [ʒə sɥi dezɔle dɛtʀ ɑ̃ ʀətaʀ.]

💬 替換單詞 Vocabulaire（動詞變化 s'excuser 請參考附錄）

○ Je m'excuse pour ... ＝ 我為～道歉
  [ʒə mɛkskyz puʀ]

　　　　　　le retard 遲到／le délai 拖延
　　　　　　[lə ʀətaʀ]　　[lə delɛ]

　　　　　　le désagrement 失禮／le bruit 噪音
　　　　　　[lə dezagʀema]　　　[lə bʀɥi]

　　　　　　mes‿erreurs 我犯的這些錯誤／les‿inconvénients 不便之處
　　　　　　[me zɛ ʀœʀ]　　　　　　　[le zɛ̃ kɔ̃venja]

　　　　　　mon‿absence 我的缺席／mon comportement 我的行為
　　　　　　[mɔ̃ nabsɑ̃s]　　　　　[mɔ̃ kɔ̃pɔʀtəmɑ̃]

　　　　　　le mal que je t'ai fait 曾經傷害你
　　　　　　[lə mal kə ʒə te fɛ]

Situation 03

生日快樂 Bon‿anniversaire

[bɔ naniverser]

Tout le monde est‿arrivé? 大家都到了嗎？
[tu lə mɔ̃d ɛ ta ʀive?]

Oui, on‿est tous là. 是的，我們大家都到了。
[wi, ɔ̃ nɛ tus la.]

Bien, on va prendre l'apéritif. 很好，我們可以進行餐前酒會。
[bjɛ̃, ɔ̃ va pʀɑ̃dʀ lapeʀitif.]

Tchin Tchin! Bon‿Anniversaire, Maman!
[tʃin tʃin! bɔ naniverseʀ, mamɑ̃!]
乾杯！媽媽生日快樂！

Merci! 謝謝！
[meʀsi!]

C'est pour toi, ouvre! 這是給你的，打開看看！
[sɛ puʀ twa, uvʀ!]

Qu'est-ce que c'est? 這是什麼？
[kɛ – s kə sɛ?]
C'est pas vrai! 這不是真的吧！
[sɛ pa vʀɛ!]
Vous m'avez offert deux billets d'avion pour Prague!
[vu mave ɔfɛʀ dø bije davjɔ̃ puʀ pʀag!]
你們竟然送我兩張到布拉格的機票！

Oui, c'est la ville où tu veux aller depuis toujours,
n'est-ce pas?
[wi, sɛ la vil u ty vø ale dəpɥi tuʒuʀ, nɛ s pa?]
對啊，你一直都想去這個城市，不是嗎？

Exactement mes chéris! Ça me touche beaucoup!
[ɛgzaktəmɑ̃ me ʃeʀiʀ! sa mə tuʃ boku!]
沒錯我的寶貝們！我好感動！

○ Tchin Tchin!／Santé! 乾杯！
  [tʃin tʃin!]　　[sɑ̃te!]

○ Qu'est-ce qu'il‿y‿a? 這裡有什麼呢？
  [kɛ – s ki li ja?]

○ Il ne fallait pas! 不應該這麼破費的！
  [il nə falɛ pɑ!]

●● 替換單詞 Vocabulaire（動詞變化 souhaiter 請參考附錄）

○ 節慶快樂的說法：

生日快樂	**Bon Anniversaire!** [bɔ nanivɛʀsɛʀ!] **Joyeux‿Anniversaire!** [ʒwajø zanivɛʀsɛʀ!]	復活節快樂	**Joyeuses Pâques!** [ʒwajøz pak!]
聖誕快樂	**Joyeux Noël!** [ʒwajø nɔɛl!]	節日愉快	**Bonne Fête!** [bɔn fɛt!]
新年快樂	**Bonne Année!** [bɔn ane!]	假期快樂	**Bonnes Vacances!** [bɔn vakɑ̃s!]

○ Je vous / te souhaite ＋ 節慶快樂 ＝ 我祝你們／你／您某節日快樂。

  例句：Je vous souhaite une bonne année. 我祝你們／您有一個好年。
  [ʒə vu swɛt yn bɔn ane.]

  Je te souhaite un joyeux‿anniversaire. 我祝你一個快樂的生日。
  [ʒə tə swɛt œ̃ ʒwajø zanivɛʀsɛʀ.]

讚美 Faire un compliment
[fɛʀ œ̃ kɔ̃plimɑ̃]

Alors? Qu'en penses-tu?　你覺得怎麼樣？
[alɔʀ? kɑ̃ pɑ̃s ty?]

Cette choucroute est vraiment délicieuse!
[sɛt ʃukʀut ɛ vʀɛmɑ̃ delisjøz!]
這酸菜醃肉香腸真美味！

Ce n'est pas pour me faire plaisir que tu dis ça, j'espère!
[sə nɛ pa puʀ mə fɛʀ pleziʀ kə ty di sa, ʒɛspɛʀ!]
你該不會是為了討我喜歡才這麼說吧！

Non, je t'assure.　不是呢，我說真的！
[nɔ̃, ʒə tasyʀ!]
D'ailleurs, tes choucroutes sont les meilleures que je connaisse.
[dajœʀ, te ʃukʀut sɔ̃ le mejœʀ kə ʒə kɔnɛs.]
而且，妳做的酸菜醃肉香腸是我吃過中最好吃的！
Quel délice!　人間美味！
[kɛl delis!]

Tu exagères.　你太誇張了！
[ty ɛgzaʒɛʀ!]

Pas du tout! C'est fameux!
[pa dy tu! sɛ famø!]
才沒有呢！妳的手藝遠近聞名！
En tout cas, je me régale!　反正，我吃得很盡興！
[ɑ̃ tu ka, ʒə mə ʀegal!]

Tant mieux! Sers-toi!　這樣最好！不要客氣，自己來喔！
[tɑ̃ mjø! sɛʀ – twa!]

○ Qu'est-ce que tu en penses? 你覺得怎麼樣？
[kɛ – s kə ty ã pãs?]

○ Je t'assure.／Je suis sérieux. 我是認真的。
[ʒə tasyʀ.]　　[ʒə sɥi seʀjø.]

○ Ça me fait plaisir d'entendre ça. 我很開心聽到這麼說。
[sa mə fɛ pleziʀ dãtãdʀ sa.]

💬 替換單詞 Vocabulaire

○ 常用讚美詞

好美的景色！	真是美味的料理！
Quel paysage! [kɛl peizaʒ!] **Comme c'est magnifique!** [kɔm sɛ maɲifik!] **C'est‿à couper le souffle!** [sɛ ta kupe lə sufl!]	**Quel délice!** [kɛl delis!] **Comme c'est bon!** [kɔm sɛ bɔ̃!] **C'est délicieux!** [sɛ delisjø!]
好帥的男人	好美的女人
Quel bel homme ! [kɛl bɛl ɔm!] **Qu'est-ce qu'il‿est beau!** [kɛ – s ki lɛ bo!]	**Quelle belle femme!** [kɛl bɛl fam!] **Qu'est-ce qu'elle‿est belle!** [kɛ – s kɛ lɛ bɛl!]
稱讚人做了一件很棒的事	好有才華！
Bravo! [bʀavo!]	**Quel talent!** [kɛl talã!] **Quelle maîtrise!** [kɛl mɛtʀiz!]

喃喃情語 Les‿amoureux

[le za muʀø]

Oh là là, j'ai pris 2 kilos cet‿hiver, je me sens moche!
[o la la, ʒɛ pʀi 2 kilo sɛ ti vɛʀ, ʒə mə sã mɔʃ!]
哇，這個冬天我多了2公斤，我覺得自己好醜喔！

Mais non, tu es toujours aussi jolie, ne t'inquiètes pas! [mɛ nɔ̃, ty ɛ tuʒuʀ osi ʒɔli, nə tɛ̃kjɛt pa!]
才不會呢，妳一直都這麼漂亮，別擔心！

Ah bon? tu trouves? 是喔？你這麼覺得啊？
[a bɔ̃? ty tʀuv?]

Oui, tu es même plus jolie comme ça!
[wi, ty ɛ mɛm ply ʒɔli kɔm sa!]
對啊，我覺得妳這樣反而更美。

Est-ce que tu m'aimerais si je devenais vraiment grosse?
[ɛ – s kə ty mɛmʀe si ʒə dəvəne vʀɛmã gʀos?]
如果我變得很胖，你還會愛我嗎？

Bien sûr, je t'aimerais, même plus!
[bjɛ̃ syʀ, ʒə tɛmʀe, mɛm ply!]
當然，還是愛妳，甚至更愛呢！

Sérieux? Je ne te crois pas. 真的？我不相信你。
[seʀjø? ʒə nə tə kʀwa pa?]

Si, parce que tu auras plus de volume, je t'aimerai plus!Ha ha...
[si, paʀs kə ty oʀa plys də vɔlym, ʒə tɛmʀe plys!]
真的，因為妳變得比較大，我給的愛就比較多啊！
哈哈……

Ce n'est pas rigolo cette blague! 這一點都不好笑！
[sə nɛ pa ʀigɔlo sɛt blag !]

Mais si ma beauté.Fais-moi un bisous.
[mɛ si ma bote. Fɛ mwa œ̃ bizu.]
當然好笑啊，我的美人，過來親一個。

○ Ne t'inquiète pas.／Ne t'en fais pas. 你／妳不要擔心。
 [nə tɛ̃kjɛt pɑ.]　　[nə tɑ̃ fɛ pɑ]

○ Tu plaisantes?／Tu rigoles? 你／妳開玩笑嗎？
 [ty plɛzɑ̃t?]　　[ty ʀigɔl?]

○ Tu te moques de moi? 你／妳在嘲笑我嗎？
 [ty tə mɔk də mwa?]

替換單詞 Vocabulaire（動詞變化 être 請參考附錄）

○ A人 ＋ être amoureux de B人 ＝ A愛著B

 例句：Je suis amoureuse de lui. 我愛他。
 　　　[ʒə sɥi a muʀøz də lɥi.]

 　　　Tu es amoureux d'elle. 你愛她。
 　　　[ty ɛ acmuʀø dɛl.]

 　　　Il est amoureux de moi. 他愛我。
 　　　[i lɛ a muʀø də mwa.]

 　　　Elle est amoureuse de toi. 她愛你。
 　　　[ɛl ɛ amuʀøz də twa.]

○ 親愛的（愛人親密稱呼）

 ♂ 稱呼男生：mon chéri／mon amour／
 　　　　　　[mɔ̃ ʃeʀi]　[mɔ̃ na muʀ]

 　　　　　　mon ange／mon cœur
 　　　　　　[mɔ̃ nɑ̃ʒ]　[mɔ̃ kœʀ]

 ♀ 稱呼女生：ma chérie／mon amour／
 　　　　　　[ma ʃeʀi]　[mɔ̃ na muʀ]

 　　　　　　mon ange／mon cœur
 　　　　　　[mɔ̃ nɑ̃ʒ]　[mɔ̃ kœʀ]

Culture: Les Français, râleurs
[le fʁɑ̃se, ʁɑlœʁ]

法國二三事：愛發牢騷的法國人！

如果稍微觀察法國人的生活，您應該會很驚訝地發現：法國人不僅愛聊天，而且似乎對什麼都不滿意，常常批評這兒、批評那兒的。

沒錯，法國人愛發牢騷的程度在世界上首屈一指，就連90%以上的法國人都自認常常怪東怪西，而且根據統計，法國男人和老人發牢騷的比例比法國女人高呢！幾乎所有的事情都可以讓法國人不滿，尤其牽扯到行政手續、金錢相關、生活品質和政治時事，法國人的牢騷指數甚至可以升高到氣憤程度。

問問法國人，為什麼這麼愛發牢騷，一半以上回答：「這就是法國人的基因啊！」其他的回答，更簡單：「因為發牢騷讓人舒暢！」

事實上，對法國人而言，發牢騷、批評，甚至吵架根本不是什麼大不了的事，就像跟人聊天一樣地平常，都是一種表達情緒的方式。雖然，有時候可能製造緊張的氣氛，但是，一旦緊繃的話題時刻過了，一切又恢復正常，像人生一樣嘛（C'est la vie!）！

連法國人自己都說，身為法國人就是愛發牢騷，這個行為是典型法國文化下的產物。在現代的社會主義互助精神下，同時保留著鼓勵不同意見，尊重多元發展的傳統，讓法國人從小就習慣發表並學會捍衛自己的意見，隨著年紀的增長，面臨的現實情況也容易不如人願。然而，已經習慣表達意見，卻又對現狀無奈的法國人，就只能藉著發牢騷吐吐怨氣了。

懂得生活藝術的法國人認為，好的生活品質就是要活得健康快樂，而快樂的方式，不外乎適時地表達自己的情感，因此，發牢騷只是另一種讓人過得更好的方式而已。

法式牢騷跟私下抱怨不一樣。如果您的重點是抱怨，法式牢騷讓您聽得到這些批評，而且大部分還是當場接招呢！不過，不需要太擔心，法國人相信，當面發牢騷，可以清楚地表達他們的不滿，所以有助於提供明確的改善方向，所以牢騷歸牢騷，其實就事論事而已。

　　發牢騷因為已經成為法國人的習慣，大部分的法國人在發牢騷的時候根本不經思考，只是純粹的反射動作，所以常常無意間的發發牢騷，即便批評的對象或事件可能跟您有些關連，但是，絕對不要認真看待這個牢騷，或是把它當成隱喻式的人身攻擊；法國人愛嘮叨、愛發牢騷、愛批評，但是，他們對事情的公私和關係分得很清楚，不會混為一談！（就像愛人一樣，嘴上叨叨唸，但是還是愛你的！）

　　如果身旁的法國人正在發牢騷，您可以選擇當單純的聽眾，或是，加入發牢騷行列，不但有助於熱絡關係，或許還能結交到知己，最好的是，您也可以體會發牢騷的爽快，法式的生活藝術之一！

▶ 參與環法單車賽（le tour de la France）除了可以目睹單車明星風采之外，選手到達前的一個小時還有花車遊行隊伍發送小禮物喔！

◀ 為了讓每年的環法單車賽（le tour de la France）能順利舉行，法國的警察和憲兵都會選手到前的兩小時前幫忙開路並為維持秩序。

▶ 每年7月舉行的環法單車賽（le tour de France）都會吸引許多圍觀的人潮。甚至有不少觀賽者是開著露營車跟著單車選手繞法國一週呢！

附錄－動詞變化表

法語和其他歐語系語文一樣，動詞會因主詞不同而隨之變化。您可以在動詞變化表中找到「替換單詞」單元中的所有動詞，藉以搭配學習本書實用的內容，學習零疏漏。

常用不規則動詞（現在時態）

être 是

主詞		être（是）的動詞變化
我	je	suis
你	tu	es
他／她	il／elle	est
我們	nous	sommes
您	vous	êtes
他們／她們	ils／elles	sont

avoir 有

主詞		avoir（有）的動詞變化
我	j'	ai
你	tu	as
他／她	il／elle	a
我們	nous	avons
您	vous	avez
他們／她們	ils／elles	ont

aller 去

主詞		aller（去）的動詞變化
我	je	vais
你	tu	vas
他／她	il／elle	va
我們	nous	allons
您	vous	allez
他們／她們	ils／elles	vont

faire 做

主詞		faire（做）的動詞變化
我	je	fais
你	tu	fais
他／她	il／elle	fait
我們	nous	faisons
您	vous	faites
他們／她們	ils／elles	font

devoir 應該

主詞		devoir（應該）的動詞變化
我	je	dois
你	tu	dois
他／她	il／elle	doit
我們	nous	devons
您	vous	devez
他們／她們	ils／elles	doivent

falloir 應該

主詞（非人稱）		falloir（應該）的動詞變化
它	il	faut

partir 出發

主詞		partir（出發）的動詞變化
我	je	pars
你	tu	pars
他／她	il／elle	part
我們	nous	partons
您	vous	partez
他們／她們	ils／elles	partent

venir 來

主詞		venir（來）的動詞變化
我	je	viens
你	tu	viens
他／她	il／elle	vient
我們	nous	venons
您	vous	venez
他們／她們	ils／elles	viennent

- -

ER結尾規則動詞（現在時態）

arriver 到達

主詞		arriver（到達）的動詞變化
我	j'	arrive
你	tu	arrives
他／她	il／elle	arrive
我們	nous	arrivons
您	vous	arrivez
他們／她們	ils／elles	arrivent

donner 給予

主詞		donner（給予）的動詞變化
我	je	donne
你	tu	donnes
他／她	il／elle	donne
我們	nous	donnons
您	vous	donnez
他們／她們	ils／elles	donnent

habiter 居住

主詞		habiter（居住）的動詞變化
我	j'	habite
你	tu	habites
他／她	il／elle	habite
我們	nous	habitons
您	vous	habitez
他們／她們	ils／elles	habitent

passer 度過

主詞		passer（度過）的動詞變化
我	je	passe
你	tu	passes
他／她	il／elle	passe
我們	nous	passons
您	vous	passez
他們／她們	ils／elles	passent

souhaiter 希望

主詞		souhaiter（希望）的動詞變化
我	je	souhaite
你	tu	souhaites
他／她	il／elle	souhaite
我們	nous	souhaitons
您	vous	souhaitez
他們／她們	ils／elles	souhaitent

traverser 穿越

主詞		traverser（穿越）的動詞變化
我	je	traverse
你	tu	traverses
他／她	il／elle	traverse
我們	nous	traversons
您	vous	traversez
他們／她們	ils／elles	traversent

tourner 轉彎

主詞		tourner（轉彎）的動詞變化
我	je	tourne
你	tu	tournes
他／她	il／elle	tourne
我們	nous	tournons
您	vous	tournez
他們／她們	ils／elles	tournent

trouver 覺得

主詞		trouver（覺得）的動詞變化
我	je	trouve
你	tu	trouves
他／她	il／elle	trouve
我們	nous	trouvons
您	vous	trouvez
他們／她們	ils／elles	trouvent

反身動詞（現在時態）

s'appeler 叫～名字

主詞		s'appeler（叫～名字）的動詞變化
我	je	m' appelle
你	tu	t' appelles
他／她	il／elle	s' appelle
我們	nous	nous appelons
您	vous	vous appelez
他們／她們	ils／elles	s' appellent

se brosser 刷～

主詞		se brosser（刷～）的動詞變化
我	je	me brosse
你	tu	te brosses
他／她	il／elle	se brosse
我們	nous	nous brossons
您	vous	vous brossez
他們／她們	ils／elles	se brossent

se dépêcher 趕快

主詞		se dépêcher（趕快）的動詞變化
我	je	me dépêche
你	tu	te dépêches
他／她	il／elle	se dépêche
我們	nous	nous dépêchons
您	vous	vous dépêchez
他們／她們	ils／elles	se dépêchent

se doucher 洗澡

主詞		se doucher（洗澡）的動詞變化
我	je	me douche
你	tu	te douches
他／她	il／elle	se douche
我們	nous	nous douchons
您	vous	vous douchez
他們／她們	ils／elles	se douchent

s'excuser 道歉

主詞		s'excuser（道歉）的動詞變化
我	je	m' excuse
你	tu	t' excuses
他／她	il／elle	s' excuse
我們	nous	nous excusons
您	vous	vous excusez
他們／她們	ils／elles	s'excusent

se laver 洗～

主詞		se laver（洗～）的動詞變化
我	je	me lave
你	tu	te laves
他／她	il／elle	se lave
我們	nous	nous lavons
您	vous	vous lavez
他們／她們	ils／elles	se lavent

se régaler 吃得盡興

主詞		se régaler（吃得盡興）的動詞變化
我	je	me régale
你	tu	te régales
他／她	il／elle	se régale
我們	nous	nous régalons
您	vous	vous régalez
他們／她們	ils／elles	se régalent

se raser 刮鬍子

主詞		se raser（刮鬍子）的動詞變化
我	je	me rase
你	tu	te rases
他／她	il／elle	se rase
我們	nous	nous rasons
您	vous	vous rasez
他們／她們	ils／elles	se rasent

se sentir 自覺得～

主詞		se sentir（自覺得～）的動詞變化
我	je	me sens
你	tu	te sens
他／她	il／elle	se sent
我們	nous	nous sentons
您	vous	vous sentez
他們／她們	ils／elles	se sentent

Pouvoir 可以（現在時態）

主詞		動詞變化	主詞		動詞變化
直接語氣			禮貌語氣		
我	je	peux	我	je	pourrais
你	tu	peux	你	tu	pourrais
他／她	il／elle	peut	他／她	il／elle	pourrait
我們	nous	pouvons	我們	nous	pourrions
您	vous	pouvez	您	vous	pourriez
他們／她們	ils／elles	peuvent	他們／她們	ils／elles	pourraient

Vouloir 要（現在時態）

主詞		動詞變化	主詞		動詞變化
直接語氣			禮貌語氣		
我	je	veux	我	je	voudrais
你	tu	veux	你	tu	voudras
他／她	il／elle	veut	他／她	il／elle	voudrait
我們	nous	voulons	我們	nous	voudrions
您	vous	voulez	您	vous	voudriez
他們／她們	ils／elles	veulent	他們／她們	ils／elles	voudraient

Prendre 拿～／點～（現在時態）

主詞		動詞變化	主詞		動詞變化
直接語氣			禮貌語氣		
我	je	prends	我	je	prendrais
你	tu	prends	你	tu	prendrais
他／她	il／elle	prend	他／她	il／elle	prendrait
我們	nous	prenons	我們	nous	prendrions
您	vous	prenez	您	vous	prendriez
他們／她們	ils／elles	prennent	他們／她們	ils／elles	prendraient

國家圖書館出版品預行編目資料

法國人天天說的生活法語 / Christophe LEMIEUX-BOUDON、
Mandy Hsieh 作
--初版--臺北市：瑞蘭國際,2014.04
144面；17 x 23公分 --（繽紛外語系列；33）
ISBN：978-986-5953-70-6（平裝附光碟片）
1.法語 2.會話

804.588   103004817

繽紛外語系列 **33**

法國人天天說的生活法語

作者｜Christophe LEMIEUX-BOUDON、Mandy Hsieh

責任編輯｜王彥萍、王愿琦

法語錄音｜Christophe LEMIEUX-BOUDON、Charlotte Pollet

錄音室｜采漾錄音製作有限公司

封面設計｜余佳憓

美術插畫｜Ruei Yang、余佳憓

版型設計、內文排版｜陳如琪

校對｜Christophe LEMIEUX-BOUDON、Mandy Hsieh、王彥萍、王愿琦

印務｜王彥萍

董事長｜張暖彗‧社長兼總編輯｜王愿琦‧副總編輯｜呂依臻‧主編｜王彥萍

主編｜葉仲芸‧編輯｜潘治婷‧美術編輯｜余佳憓

業務部副理｜楊米琪‧業務部專員｜林湲洵

出版社｜瑞蘭國際有限公司‧地址｜台北市大安區安和路一段104號7樓之1

電話｜(02)2700-4625‧傳真｜(02)2700-4622‧訂購專線｜(02)2700-4625

劃撥帳號｜19914152 瑞蘭國際有限公司‧瑞蘭網路書城｜www.genki-japan.com.tw

總經銷｜聯合發行股份有限公司‧電話｜(02)2917-8022、2917-8042

傳真｜(02)2915-6275、2915-7212‧印刷｜宗祐印刷有限公司

出版日期｜2014年04月初版1刷‧定價｜300元‧ISBN｜978-986-5953-70-6